CB054080

Sabina Anzuategui

Uma mulher sem ambição

© Sabina Anzuategui, 2021

1ª edição

PREPARAÇÃO
Tomoe Moroizumi

REVISÃO
Clarissa Growoski
Pamela P. Cabral da Silva

CAPA
Beatriz Dórea

FOTO
Camila Svenson

Impresso no Brasil/*Printed in Brazil*

Todos os direitos reservados à DBA Editora.
Alameda Franca, 1185, cj 31
01422-001 — São Paulo — SP
www.dbaeditora.com.br

Dados Internacionais de Catalogação na Publicação (CIP)
(Câmara Brasileira do Livro, SP, Brasil)

Anzuategui, Sabina

Uma mulher sem ambição / Sabina Anzuategui
1ª ed. — São Paulo: DBA Editora, 2021.

Título original: Uma mulher sem ambição

ISBN 978-65-5826-023-3

1. Ficção brasileira I. Título.

CDD- B869.3

Índices para catálogo sistemático:
1. Ficção : Literatura brasileira B869.3
Aline Graziele Benitez - Bibliotecária - CRB-1/3129

Escrevi este diário há alguns anos. O país estava feliz. Ruas cheias de carros, bares cheios de clientes. Aeroportos lotados de pessoas que antes viajavam de ônibus. Construtoras erguiam prédios, famílias compravam apartamentos por centenas de milhares de reais financiados em trinta anos. Todos queriam estudar, as faculdades abriam novos cursos. Os jornais falavam em nova classe média, a ascensão da classe C. Era espantoso. No mês de maio, a torcida nacional aguardava a definição dos convocados para a Seleção Brasileira, que jogaria em junho na Copa do Mundo. Eu também lidava com minhas ilusões e expectativas, apesar de não me interessar por futebol.

1

SEXTA-FEIRA, 30 DE ABRIL DE 2010

Quem ganha pouco nunca esquece o dia de pagamento. Acordo e a primeira coisa que me vem à mente é: hoje tem dinheiro na conta. Posso almoçar fora. Posso beber cerveja importada. Depois me recomponho: não vou fazer nada disso, o dinheiro precisa durar até o fim do mês.

São nove horas quando acordo. Levanto da minha cama de solteiro, calço as sandálias que transformei em chinelo. Abro a cortina que eu mesma adaptei para esta janela. Vou ao banheiro, faço xixi, lavo o rosto. Dou quatro passos até a cozinha e preparo o café.

Gosto de café bem doce, mas controlo meu amor por açúcar. Passo requeijão numa bisnaguinha. Sentada à mesa da quitinete, olhando a janela, mastigo com os pés apoiados sobre meu banquinho de madeira. Ouço o ruído distante dos carros. Um bem-te-vi repete o canto três vezes: bem-te-vi, bem-te-vi, bem-te-vi. É o único pássaro que consigo reconhecer pelo canto.

Penso no que fazer. Devo procurar mais trabalho hoje? Não tenho vontade. Tenho algo bom para comer? Não muito.

***

Oito da noite. Vejo de longe o toldo sujo pela fuligem preta. Chego até o boteco e paro ao lado do balcão de salgados. Na terceira mesa, bem embaixo do cartaz de açaí na tigela, avisto Heitor, meu companheiro de debates cinematográficos. Heitor e seu corpo naturalmente forte. Heitor ao lado de Silvestre, o colega feio que completa nosso trio. Hoje é sexta, dia em que discutimos o destino da humanidade e assuntos correlatos.

— Olha quem está aqui — ele diz, num gesto amplo e camarada, como se eu fosse um dos rapazes.

Silvestre me olha como um adolescente que descobre uma revista pornográfica na gaveta do professor.

— E aí, chegaram faz tempo? — pergunto.

Sento na ponta da mesa, formando um triângulo equilátero, à mesma distância dos dois. Sobre a mesa há duas garrafas de Original vazias. Silvestre puxa um assunto sobre a dieta da papinha de bebê, uma moda entre celebridades: trocar as refeições diárias por catorze potinhos de comida infantil.

— Um jeito de pagar caro pra passar fome — Heitor comenta.

Eu não desprezo a possibilidade:

— Mas o potinho é aquele grande ou o pequeno? Se for do grande, tem jogo.

Ele ri e todos embarcamos em divagações.

Conheço Heitor faz dois anos. Desde que me divorciei e pedi demissão. Desde que não tenho mais dinheiro e minha distração no fim de semana é assistir a filmes gratuitos no centro cultural do Paraíso. Nos encontramos neste boteco, em frente ao cinema, quando eles terminam seus expedientes e eu consigo escapar dos dilemas existenciais das minhas sextas-feiras vazias.

Também jogo um assunto na mesa:

— Prenderam o paquistanês que tentou explodir uma bomba em Nova York.

Ataques contra o imperialismo americano sempre aglutinam botequeiros. Silvestre se interessa pelos aspectos técnicos da investigação:

— O apartamento dele estava cheio de fertilizante e pólvora. Mas quem disse que ele ia fazer uma bomba? Talvez ele goste de jardinagem.

— O que mais me espanta é que ele comprou uma Pathfinder por 1300 dólares — diz Heitor, que sempre reclama de seu carro velho. — Isso dá 2500 reais. Onde eu acho uma oferta dessa?

Graças ao ressentimento coletivo contra o domínio cultural ianque o assunto engrena. Heitor começa a monologar sobre o militarismo americano e as falsas ameaças terroristas que o governo inventa para alimentar a indústria bélica.

— Barack Obama é um vendido que faz o jogo dos milicos como todo presidente americano.

— Não fala mal do Obama — eu digo.

— As mulheres amam o Obama — Heitor ri.

Lá pelas tantas bate a fome e pedimos uma porção de batatas fritas. Comemos os três, lambuzando a mão de óleo e ketchup.

Tudo está ótimo até que aparece um novo amigo de Heitor. Grisalho, redondo, meio calvo, ajuda a animar a conversa com suas histórias de corretor de imóveis fracassado. Meio bêbados, achamos engraçadíssimo. Não sei o nome dele. Pergunto aos rapazes, apontando os três com o dedo:

— Faz tempo que vocês se conhecem?

O comediante responde:

— Ah, faz tempo. Eu tinha cabelo ainda.

Heitor ri com gosto enquanto ouvimos outra história palpitante sobre uma casa à venda no Aeroporto. Foi seu último negócio fracassado antes de virar bancário. Tentou vender um sobrado com vizinhos que ouviam funk altíssimo. As letras vazavam pelos muros, os clientes chocados se assustavam: "Vou passar cerol na mão", "Vou mostrar que eu sou tigrão". "Late que eu tô passando", ele canta, imitando a voz vibrante da funkeira Valesca Popozuda.

— Perdi o negócio, mas foi genial. Tinha que ver a cara do cristão.

Heitor discorda:

— O funk atual não tem compromisso com nada. Tapinha não, cara.

— Com funk consciente não dá pra enfrentar a Igreja Universal. Tem que ser proibidão — palpita Silvestre.

— Queima ele, Jesus no calcanhar! — conclui o contador de causos, gesticulando gloriosamente.

Heitor relaxa e se diverte:

— Este cara é uma figura! Ele é figura.

Todos rimos. Entre os goles de cerveja, recuso o repeteco de batata frita. Somos todos funcionários com carteira assinada e boletos para pagar. Mas me sinto a Lili Carabina, sedutora e maquiada, planejando um assalto com meus parceiros de quadrilha.

***

Sábado, acordo num quarto estranho. Minha cabeça dói, minha boca está seca. Ao meu lado ronca um homem gordo, calvo e grisalho. O lençol encardido e suado. Rapidamente lembro da noite anterior: o boteco, a avenida, o novo amigo de Heitor e do Silvestre. Rodadas de cerveja e a memória cada vez mais fragmentada até chegar naquele quarto: os beijos desajeitados, a mão insegura, a dificuldade de colocar a camisinha, a ereção que desaparece.

Vou ao banheiro. A pia e o espelho têm uma crosta esbranquiçada de pouca faxina. Na dúvida estendo umas tiras de papel higiênico na tampa do vaso antes de sentar. Encontro um tubo de pasta de dentes aberto. Aperto o tubo e jogo fora a pontinha (será que alguma barata cheirou a pasta durante a noite?). Lavo a boca, esfregando os dentes com os dedos.

Na cozinha procuro um copo limpo, bebo muita água.

Volto para o quarto e tento acordar o homem, empurrando de leve seu ombro. Ele abre os olhos amassados.

— Tô indo. Tchauzinho — digo.

— Já vai...? — ele pergunta sem acordar direito.

— Tenho que ir. Até mais.

Saio do quarto antes que ele tenha energia para manifestar qualquer outra gentileza.

Já na calçada, olho em volta para entender onde estou. Vou

até a esquina, olho as placas das ruas, mas não ajuda muito, não reconheço os nomes. Vejo um bar aberto e pergunto em que direção fica a rua Vergueiro. Estou razoavelmente perto de casa, talvez meia hora a pé.

Não são os trinta minutos mais agradáveis: de ressaca, suada, dor de cabeça, cheiro de um homem estranho e lembranças de uma noite sem grandes destaques.

De repente me dou conta: que merda eu fiz. Heitor vai me odiar.

Finalmente chego no meu prédio. Ainda com as roupas de ontem, cheirando a cigarro e fritura de boteco. Tomo um banho, lavo o cabelo, passo meu creme caro para cachos. Visto uma camiseta limpa, bebo um copo de suco de caju, escovo os dentes. Deito na cama e consigo descansar o cérebro por quinze minutos. Não chega a ser uma soneca, mas meu pensamento se acalma e a dor de cabeça diminui.

Minha memória já está funcionando melhor. Tento recompor o encontro da noite anterior, lembrar o nome do rei das piadinhas. Talvez Rogério, talvez Gerson. Ele cheirava a loção pós-barba. A cueca estava limpa. Não pareceu espantado com a ereção perdida. "É o cigarro", disse. Usou os dedos. Uma foda digital.

2

SEGUNDA-FEIRA, 3 DE MAIO

Hoje cedo tive vontade de comer arroz branco com feijão preto e ovo frito. Na semana passada estava com preguiça de cozinhar e comi da mesma panela de mandioca cozida por quatro dias.

Deixei o feijão de molho quando acordei, às onze horas preciso colocar na panela de pressão. Não tenho fogão, só um fogareiro elétrico de uma boca. Preciso cozinhar uma coisa por vez. É possível porque tenho o dia todo livre.

As segundas são meus dias de leitura. Ganhei um livro sobre economia sustentável, uma espécie de manifesto. O autor equatoriano foi deputado e ministro de Energia alguns anos atrás. Meu chefe na escola de teatro me deu quando soube que me interessava por ecologia. É uma linguagem acadêmica difícil de ler. Talvez outra razão pra ele doar o livro.

Gosto do tema, mas me dá sono. Por isso é bom cozinhar paralelamente à leitura. Quando começo a pescar, levanto e faço alguma coisa na cozinha.

Quando a comida fica pronta, sento com meu prato em frente à TV. Assisto ao telejornal pensando nas minhas contas.

Economia sustentável é um tema incômodo numa época em que mal consigo me sustentar. Eu deveria ler sobre economia dos restos: como sobreviver comendo mandioca durante uma semana inteira.

Será que vou ficar assim, à base de feijão e ovo frito, por quanto tempo?

Termino de comer, deixo o prato sujo na pia. As panelas ainda estão mornas. É melhor esperar mais um pouco antes de guardar na geladeira.

Escovo os dentes e faço xixi. Quando me seco, o papel higiênico sai úmido de uma gosma transparente, tipo clara de ovo. Isso explica muita coisa. Eu deveria calcular melhor meus dias férteis.

Ainda bem que o rei das piadinhas brochou. Eu estava bêbada demais pra cuidar da colocação da camisinha, e um deslize nesse momento poderia levar a enormes dores de cabeça. Tenho trinta e sete anos, ainda posso engravidar. É engraçado pensar que, nessa idade, a gravidez indesejada voltou a ser um perigo.

Coloco um *carefree* pra não sujar demais a calcinha e volto para meu cômodo único, meio sala, meio quarto. Cansei do livro equatoriano. Vou assistir a algum filme e pensar na minha aula de amanhã.

***

Sinto o telefone vibrando na mesa. Algumas vibrações contínuas e depois uma última, isolada. Então, de repente, me lembro: esqueci de depositar o dinheiro do aluguel para o meu pai. Olho a mensagem e é ele mesmo: "Boa tarde, Dedê. Tudo certinho? Liga pro pai quando puder".

Um toque de culpa e vergonha para temperar esta tarde agradável de segunda-feira.

Pego o telefone fixo e a agenda telefônica. Sento na minha única poltrona dobrável (outro móvel funcional da minha pequena coleção). Olho o número na letra P e disco. Meu pai atende no terceiro toque.

— Alou — (ele sempre atende com um "alô" arredondado).
— Oi, pai. Tudo certinho?
— Oi, Dedê! Muito frio por aí?
— Não, até que não. Tá nublado mas não tá frio.

Meu pai é sempre assim ao telefone. Chove, faz frio, tem trânsito: os dramas de São Paulo que ele está feliz por abandonar. Depois conta dos filmes curiosos que conseguiu em DVD pirata com seu amigo da lotérica. Só então chega ao assunto que o fez telefonar:

— Fui no banco hoje cedo. Minha aposentadoria só cai dia 7.

É seu jeito gentil de dizer que não tem dinheiro na conta — nada do dinheiro do aluguel, que eu deveria pagar, mas esqueci, porque na sexta, quando recebi meu salário, estava mais inspirada pra tomar cerveja.

— Pai, desculpa. Esqueci de ir ao banco.
— Tudo bem, Dê. Tudo bem. Muita correria, eu sei.
— Você tá muito apertado? Desculpa mesmo.
— A gente se vira.

A voz dele, passiva e carinhosa, significa: "Preciso de dinheiro, mas a educação à moda antiga me impede de dizer isso com todas as letras".

Meu pai, seu Henrique. Imagino ele estacionando seu carro velho em algum quarteirão do centro de Valença, na segunda-feira de manhã, já quente e úmida. Provavelmente pegou dinheiro emprestado da Vilma pra encher o tanque na semana passada. Seu Henrique para na banca da Rangel, pra buscar seu jornal de domingo. Os turistas voltando nas lanchas de Boipeba e Morro de São Paulo. Ele caminha até o caixa eletrônico, um esforço matinal para descobrir que não tinha saldo no banco. Que filha eu sou.

Para depositar o dinheiro do aluguel para meu pai, subo até a rua Rui Barbosa, onde há agências de quatro bancos diferentes, três cantinas italianas e um teatro fechado há vinte anos. Sigo pela calçada da esquerda, pois à direita, na esquina do teatro fechado, os sem-teto se instalaram com seus colchões, cobertores e carrinhos de supermercado cheios de coisas.

A rua é ampla e curiosamente vazia. Mesmo em dias úteis há poucos carros e pouco barulho. Esse pedaço da cidade ficou meio esquecido, entre duas avenidas carregadas de ônibus.

O aluguel que combinei com meu pai é só metade do valor de mercado. Um acordo temporário entre pai e filha enquanto decido o que fazer da minha vida. Estou dilatando esse benefício há dois anos e meu pai já deu indiretas de que é hora de acertar isso.

— De repente uma ideia era você comprar a quitinete — sugeriu. — Pensa no assunto.

Essa iniciativa seria complicada. O dinheiro que recebi do divórcio ainda está no banco, esperando que eu dê um rumo para minha vida. Comprar, aos trinta e sete anos, uma quitinete que meu pai financiou quase quarenta anos atrás — onde meus pais moraram logo depois de casar, onde nasceu meu irmão Pablo — seria ceder definitivamente à regressão.

Primeiro entro no banco em que recebo meu salário. Faço o saque no caixa eletrônico: quinhentos reais do aluguel, mais cinquenta para minhas despesas da semana. Meu salário já se reduz um bom tanto, e ainda nem paguei as outras contas. Com os quinhentos reais no bolso da calça, atravesso a rua Conselheiro Carrão até a agência da Caixa Econômica para fazer o depósito na conta do meu pai. Sempre que faço esse caminho lembro que a rua em Valença onde fica a agência dele também se chama Rui Barbosa. É no centro da cidade, perto da ponte sobre o rio Una. O mais intrigante é a segunda coincidência: tem uma rua Una atrás do meu prédio. Na última visita que fiz a meu pai em Valença, perguntei se era esse o motivo de ter escolhido morar naquela cidade.

— Questão interessante — ele disse. — Você sabia que existem quatro rios Una no país? Na Bahia, em São Paulo, na Paraíba e em Pernambuco.

Enquanto me satisfazia com seu conhecimento enciclopédico, concluiu:

— Mas se fosse por isso, era mais fácil ir para Ibiúna.

3

TERÇA-FEIRA, 4 DE MAIO

Depois de pagar o aluguel para meu pai, ontem, meu saldo no banco caiu um lance de escadas. Embaixo do mouse (para não esquecer) há quatro boletos: telefone, internet, luz e condomínio. Depois disso meu saldo cairá outros tantos degraus. Tenho este enigma a decifrar: como ganhar mais, sem trabalhar demais. Outro detalhe: sem fazer certas coisas que não quero fazer. Não é fácil.

Almoço arroz e feijão requentado e me arrumo para trabalhar. Meu honrado emprego atual: terças e quintas das sete às dez da noite. Aulas numa escola particular de formação de atores, fundada por uma atriz que foi respeitada nos anos 60 e já morreu.

Trabalho pouco e ganho pouco. Não posso reclamar, metade do país sustenta uma família inteira com meu salário. Ando de ônibus, assisto a filmes gratuitos, tenho tempo livre pra (tentar) ler. Deveria estar satisfeita.

Alguns anos atrás, pouco antes do meu divórcio, tive um trabalho cheio de responsabilidades e dinheiro. Enquanto durou o contrato, eu estava por cima – inteligente, bem relacionada, especial. Recebi o último pagamento e pensei que poderia dar o salto que todos sonham: limpar minha vida de tudo que incomodava e me concentrar apenas no que é verdadeiro e interessante.

Mas quando você termina um contrato, descobre que muita gente amigável na verdade era amiga da empresa que te contratou.

Três da tarde é meu horário de sair, para evitar ônibus lotados. Pego dois para chegar à Lapa. Na rua Rui Barbosa, espero o 967A-10 Imirim, no ponto em frente ao Bradesco. Ele vem coletando passageiros desde a Vila Mariana, é o horário em que as empregadas domésticas voltam para casa. Em uma noite de aula, recebo um pouco mais que uma diária de faxina. Não muito mais.

O Imirim passa pelo viaduto sobre a avenida Nove de Julho, na altura da praça Roosevelt. Fico num canto perto da porta de saída, um canto vazio já é um privilégio. Olhando pela janela, penso que um século atrás era possível chegar até a Lapa seguindo os rios. O córrego Saracura (atual rua Una) se juntava ao ribeirão Anhangabaú (na atual praça da Bandeira), descia até Tamanduateí (no atual Mercado Municipal) e depois desaguava no rio Tietê, que hoje parece uma vala de esgoto.

É rica (culturalmente) a vida de quem ama a Wikipédia.

No 967A-10-Imirim sigo até a avenida Duque de Caxias e desço para a São João, onde pego qualquer Terminal Lapa, há vários. Ao longo da rua Guaicurus, estacionamentos, oficinas, lojas de motos e capacetes, um posto da prefeitura, uma boate. A Wikipédia também me ensinou que décadas atrás os galpões eram fábricas, vidraçarias, frigoríficos. Ainda antes, olarias faziam tijolos com a argila das margens do rio. E duzentos anos atrás, quando não existia a estrada de ferro, tropas traziam cana-de-açúcar e cruzavam o rio Tietê pela ponte no sítio do coronel Anastácio.

Saber disso não é útil, mas distrai. É um costume que herdei do meu pai.

Chego no terminal às quatro e meia. Vejo as faxineiras seguirem para outras filas, de onde saem outros ônibus para Pirituba, Perus, Brasilândia. Sigo para a escola de teatro. Logo na entrada há uma lanchonete que vende bolos caseiros em fatias. Também fazem um bom espresso, mas substituo esse prazer fácil por uma versão mais econômica. Trago de casa uma caneca esmaltada e pego café gratuito na máquina para funcionários do segundo andar. Sento numa das cadeiras do fundo, na sala dos professores. Bebo meu café olhando os comunicados no quadro de avisos.

No computador coletivo da escola, tiro meu pendrive da mochila e dou uma olhada no cronograma que fiz no início do ano. Eu poderia ter preparado antes o material para a aula de hoje, só que enrolei a manhã toda limpando as sobrancelhas e fazendo depilação. Meus pelos da perna estavam curtos e precisei finalizar com a pinça.

Minha colega Raíssa, professora de teatro experimental, puxa uma cadeira e senta ao meu lado. Só porque estou lá sentada, ela ignora minha postura de trabalho, acha que é ambiente livre para jogar conversa fora. Continuo digitando enquanto ela fala. Mas não consigo me concentrar. Raíssa fala de *Corpo/DesCorpo*, sua última peça. Discorre sobre o espetáculo incrível (para ela). Vai ter uma festa pra comemorar o fim da temporada.

— É domingo a partir das oito até o mundo acabar. Você vem, né? Pelamor, amiga. Bota esse corpo pra chacoalhar.

— Puxa, Raíssa. Minha mãe está planejando um grande almoço de família no domingo (mentira).

Eu vi *Corpo/DesCorpo* com uma generosa dose de amizade. Meu dever está cumprido nesse assunto. É estranho como algumas pessoas poderiam ser legais e não são. O excesso de energia de Raíssa me cansa. Não vejo graça em ficar em pé numa festinha entre pessoas supercriativas até as cinco da manhã.

— Raíssa — digo. — Tenho que me concentrar um pouco aqui. Ainda não preparei minha aula de hoje.

Hoje eu deveria falar da experimentação cinematográfica na década de 70. No ano passado, nesta etapa do cronograma, mostrei o curta *Alma no olho*, do Zózimo Bulbul. Os alunos gostaram. Isso simplifica meu trabalho, posso mostrar o mesmo filme de novo. Ano passado foi meu primeiro ano como professora, gastei horas preparando cada aula, lendo e assistindo a filmes até escolher o que mostrar. O salário não compensa tanto tempo de preparação. Neste ano vou reaproveitar tudo que funcionou.

Meu coordenador aparece na sala dos professores às seis da tarde. Estamos só Raíssa e eu. Ele pega um café na máquina e senta à mesa conosco. Professores tomam muito café quando a noite se aproxima.

— Um dia inteiro de burocracia — ele bufa, aborrecido.

Felipe Adriano, coordenador de dramaturgia, é mais novo que eu. Branquelo, miúdo e bem-intencionado. Ele sempre oferece ajuda, elogia minhas sugestões, diz que minha contribuição para a escola é muito importante. Detecto um exagero de generosidade e me pergunto o motivo. A gentileza excessiva me irrita um pouco, mas por outro lado é um alívio depois de anos com chefes vaidosos, machistas e racistas. Raíssa folheia uma revista abandonada na mesa, sem prestar atenção. Ela não gosta do Felipe Adriano. "Ai, que careta, me dá um sono..." — já disse várias vezes quando ele não estava por perto.

Na área da máquina de café sempre tem algum professor reclamando da burocracia do MEC, do preço do estacionamento, da péssima qualidade das lanchonetes do bairro. Da arrogância dos alunos, da imprensa conservadora, dos críticos teatrais obtusos.

Raíssa não se interessa por política nem pelas aulas. Duvido que fique por muito tempo na escola. Até onde eu sabia, ela não ficou muito tempo em coisa alguma. Pequena, magra e caótica. Namorou um diretor de cinema, foi modelo fotográfico, depois artista performática feminista. Através dela consegui esse emprego, numa festinha em que cheguei por acaso com uma atriz da TV América. Entre conversas aqui e ali, Raíssa explodiu de elogios por *Amor e protesto*, a novela que eu estava escrevendo. Fiquei em dúvida se os elogios eram sinceros ou irônicos. Raíssa me falou da vaga na escola de teatro e acabei amarrada a ela por esse laço de gratidão.

A sala dos professores fica no segundo andar. Nas paredes há fotos dos antigos espetáculos de Augusta Ribeiro, fundadora da escola. Augusta como Heloísa em *O Rei da Vela*, como Neusa Sueli em *Navalha na Carne*, como Nena em *Rasga Coração*. A escola é um lugar confortável para trabalhar, carteira assinada, pagamento em dia, vale-refeição e vale-transporte. Mas eu gostaria de ter conhecido este prédio em outras épocas, para ver Augusta ao vivo como Neusa Sueli: "Isso é uma bosta. Uma bosta. Um monte de bosta. Fedida. Fedida. Fedida".

Verifico se o vídeo de *Alma no olho* está no pendrive. Entro no Facebook, vejo quem está on-line. Espio em volta pra garantir que Raíssa se afastou, já que a dispensei alegando que iria trabalhar.

Arrisco uma mensagem para Heitor:

"Oioi" (digito).

Coloco o fone para ouvir as notificações e tento reler um texto sobre Bulbul enquanto espero por alguma resposta. É um artigo acadêmico sobre o negro no cinema nacional, escrito por um ex-colega de faculdade. O texto me traz memórias. Na época, foi uma surpresa conhecer esse colega, sempre discorrendo sobre seus planos e militâncias. Ele tinha tanta energia e ambição.

Pim. Uma notificação do chat.

É Heitor. "Olá. Td bem?" Uhu, peixe no anzol.

"Sim" — respondo e incluo uma carinha feliz. "Ocupado?"

"Não. Pode falar."

"Nada sério... só bater papo... Estou aqui preparando minha aula, lendo o livro do Jeferson De."

"Fundamental."

"A liberdade definitiva só virá com a assunção da negritude cujo símbolo é a África."

"Frase dele?"

"Do Norton, na introdução."

"Tenho umas cópias do livro aqui. Pedi pra secretaria. Dou pros moleques lerem."

"Você está na fundação?"

"Sim. Preenchendo papelada. Daqui a pouco saio."

Conversamos mais um pouco. Às cinco da tarde o expediente dele acaba. Ele me manda um tchau sem nenhum gancho para o próximo episódio. Não falamos nada sobre a noite de sexta-feira.

***

Onze e meia da noite. Chego em casa depois da maratona operária: ônibus, aula, intervalo, aula, ônibus, elevador. Na geladeira ainda tem feijão, mas não aguento mais. Misturo arroz com maionese e abro uma lata de sardinhas.

4

QUARTA-FEIRA, 5 DE MAIO

Hoje cedo fui à farmácia na praça 14 Bis. Precisei comprar pasta de dente (R$ 6), creme para cachos (R$ 28), pilhas para o controle remoto (R$ 14). Paguei com a única nota de 50 que tinha na carteira. Esse creme para o cabelo me quebra as pernas.

Em casa me organizo pra melhorar minha situação financeira.

Preciso criar coragem e entrar em contato com pessoas que não conheço. São Paulo tem várias escolas de arte particulares, deve ter um canto pra mim, em algum lugar. Tenho muitos dias livres. Umas aulas a mais por semana seriam um alívio.

Uns anos atrás, dei aula no Instituto Internacional de Cinema, nome pretensioso porque de internacional só tinha o dono, nascido no Canadá. Casou com uma brasileira e resolveram oferecer cursos por aqui. Na época, eu estava terminando a novela *Amor e protesto*, ele gostou da minha experiência televisiva. Corri bastante para dar conta de tudo, passava o dia com a equipe da TV, dava aulas à noite, preparava o material aos domingos. Mas os alunos gostaram. O canadense até me chamou para dar outro curso. Pedi um cachê maior, ele nunca mais me ligou.

Agora aquele valor de três anos atrás cairia muito bem. Talvez o canadense não tenha guardado mágoa. Entro no site da escola, eles agora anunciam os ex-alunos de sucesso: Fulaninho, criador de conteúdo na empresa Xis; Sicrano, redator de humor no site Ípsilon. Sorrindo nas fotos. Perco a vontade de pedir emprego pra alguém que já esnobei. Não cheguei a esse ponto de desespero.

Maio também é época de retomar o contato com as universidades privadas, talvez já tenham uma previsão das vagas para o segundo semestre.

— A cidade está cheia de faculdades — minha mãe diz.

Ela tem razão, agora todos querem escrever, filmar e atuar. Há clientes, por isso há cursos. Mas a diferença de pagamento é muito grande: pela tabela do sindicato dos professores, as melhores faculdades pagam cem reais por hora/aula, as piores trinta ou até menos. Na escola de teatro, ganho sessenta (exatamente o que o canadense pagava). Não é o máximo, mas está acima da média.

Ano passado não procurei as faculdades que pagam pouco porque não queria ser explorada. Mas agora não tenho condições de ser tão seletiva. Talvez seja só uma questão de escala: os lugares que pagam pouco também cobram mensalidades mais baratas. Quanto à margem de lucro sobre meu trabalho, nada indica que eu seria menos explorada num lugar mais rico.

É isto que farei hoje: entrarei em todos os sites, verei o nome dos coordenadores. Depois espiarei no Facebook se são amigos de algum amigo meu. Quem sabe por sorte encontro um contato comum pra puxar uma conversa: "Você conhece fulano? Sou amiga dele também!".

Dou início ao plano. Na área "Trabalhe conosco" aparecem vagas para bibliotecários, monitores, supervisores e técnicos em várias unidades, em cidades diferentes.

É desanimador olhar dezenas de chances que não se aplicam a mim. Me oprime a sensação de que há milhões de pessoas fazendo milhares de coisas. Não ter um caminho, quando aparentemente existem tantos, me faz sentir incapaz e fracassada.

Ainda assim preciso agir sistematicamente e escapar das emoções paralisantes. Seguir em frente como um robozinho: entrar nos sites, olhar as listas de vagas, verificar se existe alguma em que me encaixe, preencher o formulário de inscrição, mesmo suspeitando que essa varredura mecânica seja pouco produtiva.

Quando preencho o formulário, tenho um instante de esperança. Depois o vazio. Empresas raramente mandam uma resposta quando o currículo não é selecionado. Você espera e nada acontece, não dá pra saber por qual motivo não gostaram. Seguem com seus escolhidos, sem piedade pelos excedentes que sonharam ali por um instante.

Meu ânimo se apaga com essa ideia.

Preciso de um joguinho de computador. Um joguinho colorido para cumprir missões e ganhar moedinhas, diamantes ou qualquer outra riqueza virtual.

No momento estou na fase onze de um jogo de culinária e mistério, onde sou a jovem herdeira de uma confeitaria que atende os clientes alarmados com um assassinato na vizinhança. Colho morangos, baunilha e framboesas. Os clientes me trazem pistas sobre o crime. Com as tortas assando, em duas horas terei pontos para prosseguir investigando o homicídio.

É um processo que exige dedicação: plantar beterrabas para produzir açúcar e fazer tortas para vender aos clientes, e assim ganhar pontos para continuar a história. Tenho que recarregar o moedor muitas vezes pra acumular açúcar suficiente. Tudo depende das beterrabas. Elas crescem em noventa segundos, o açúcar fica pronto em três minutos. "Gerenciamento de tempo." Essa é a alma do jogo.

5

SEXTA-FEIRA, 7 DE MAIO

Acordo antes do despertador tocar. Tenho vontade de sair para tomar café da manhã na rua. Seria bom comer pão fresco em vez dessa bisnaguinha que está na geladeira há sete dias. Não entendo por que insisto em comprar esse pãozinho que sempre me decepciona. Finalmente está acabando. Se eu enfrentá-lo hoje, sobra no máximo mais uma porção.

Além disso, as padarias estão muito caras. Um pão com manteiga já custa cinco reais. As pessoas acham tudo maravilhoso e pagam os preços mais descarados. Uma média de café expresso está R$ 6,50. É o preço para sentar na mesinha da padaria por trinta minutos. Se você pegar o pão e levar para casa, ele custa quarenta centavos.

Torro a bisnaguinha na frigideira, para compensar minha frustração.

Sento à mesa com meu café e o pão torrado. Vejo sob o mouse os quatro boletos a pagar.

O primeiro na pilha é da companhia telefônica: oitenta reais. Não entendo como essa conta nunca diminui. Quase não uso o telefone, passo o mês controlando as ligações e o valor nunca baixa. Já liguei para a operadora, reclamei, acusei, xinguei, implorei. Mas a reclamação leva a um labirinto de atendentes de telemarketing com respostas sempre incompletas e insatisfatórias. E a conta vem sempre mais alta.

Algumas operadoras são mais baratas, mas meu irmão brigou com minha mãe porque ela passa mais tempo com o namorado em Santos do que com a família em São Paulo, e nós precisamos saber se ela está viva e essa companhia é a única com sinal bom no litoral. Ele disse que a gente iria economizar com todos na mesma operadora. Então, para manter a paz entre os parentes, essa empresa me suga o sangue.

Hoje é o triste dia em que meu saldo bancário chegará ao seu nível trágico. Entre o dia 30 (quando recebo) e o dia 7 (quando pago os boletos) metade do meu salário desaparece. Sobram uns mil reais, que precisarei racionar entre ônibus, comida e boteco, numa sobrevivência angustiada até o fim do mês.

Bebo o café com açúcar e leite. Além de pagar os boletos, não tenho nada obrigatório para fazer.

Estou com as ideias meio soltas hoje. Às vezes me acontece isso. Fico imersa numa consciência difusa, lembrando disso, pensando naquilo. Se eu fosse uma personagem, escrita por um roteirista preguiçoso, seria difícil fazer minha história engrenar. Não tenho um objetivo claro, recomendado para tramas de sucesso. Ainda bem que não sou mais roteirista. Não dá pra fazer nada com uma personagem assim.

Heitor não entendeu quando contei que desisti da profissão de roteirista.

— Paga muito melhor do que ser professor — ele disse.

— Mas é uma merda.

— Merda é ganhar mal.

Não tentei argumentar mais. Imagino o que ele pensaria se soubesse onde eu morava com Ricardo, quanto gastávamos em restaurantes todo mês... Se soubesse do que abri mão ao pedir o divórcio sem nenhum motivo concreto.

"Crise existencial é pra quem pode" é uma frase que ele sempre diz. Por isso não conto da minha vida anterior. Às vezes falo do meu avô sambista, da minha mãe sergipana, mas omito que eu mesma só estudei em escolas particulares. Compartilho a versão empobrecida da minha história.

Às vezes, quando nos encontramos no boteco, tenho vontade de explicar tudo a ele. Eu gostaria de vislumbrar um sinal de compaixão em seu olhar masculino. Se nos encontrássemos uma noite sozinhos. Se Silvestre não aparecesse, nossa conversa ficaria mais séria, mais verdadeira.

Eu contaria sobre minha avó, ressentida com o marido mulherengo, que transformou a amargura na obsessão de que meu pai fosse alguém na vida.

Diria que meu pai só herdou do meu avô a admiração pelos comediantes da Era de Ouro: Cantinflas, Oscarito, Grande Otelo. Essa influência me levou à faculdade de cinema. E por causa disso estávamos ali, naquele boteco.

Imagino o olhar de Heitor sobre mim. Não falamos mais nada. Nos beijamos ali mesmo no bar. Depois caminhamos de mãos dadas até a minha quitinete, dividindo a emoção de estarmos juntos.

***

Na quitinete, mostro a paisagem noturna da janela, o vale do Saracura, as luzes nos prédios. Ele diz que é bonito. Estamos em pé, ele me abraça. Sinto a pressão do seu corpo, seu pau duro. Abaixo minha calcinha e me inclino na janela, mostrando a bunda pra ele. Ele se ajoelha e me lambe por trás. Me empino para que a língua dele alcance mais fundo. Ele se levanta, abre a calça, entra com o pau devagar dentro de mim. Estou muito quente e úmida. A cabeça do pau é grande e grossa. Ele mete devagar, sinto entrando e saindo, estou quase gozando nesse movimento lento de vaivém.

Gozo antes mesmo de imaginar a cena toda.

Levanto. Deixo a xícara na cozinha. Lavo as mãos e me limpo. Ligo o computador e pago meus boletos.

6

SÁBADO, 8 DE MAIO

De manhã vejo a programação de filmes no centro cultural do Paraíso. Penso em mandar um alô para Heitor no Facebook, mas desisto. Na terça-feira já fiz isso. Agora espero uma manifestação do destino.

Nesta semana o Paraíso exibe uma mostra de filmes japoneses: "Panorama do Estúdio Cinematográfico Toho". Para as três da tarde está programado *Godzilla*, de 1954. É quase certo que Heitor não verá isso. O filme das cinco é *Eu bombardeei Pearl Harbour*. Leio a sinopse imaginando se o título o atrairia, tento lembrar se já falou da Segunda Guerra com algum interesse especial. É difícil especular. Às sete passará *Yojimbo*, de Akira Kurosawa, no estilo que ele gosta, mas esse vai até as nove e meia e Heitor raramente aparece tão tarde.

Almoço assistindo a um DVD com curtas-metragens que pretendo mostrar aos alunos durante a semana. Finalmente canso de ficar em casa. Já são quase quatro horas, me arrumo rapidinho pra chegar a tempo do filme das cinco. Se Heitor não estiver nesse horário, paciência, meu investimento no amor tem limite.

Pego meu ingresso e vejo no folheto que *Eu bombardeei Pearl Harbour* é uma versão reeditada de um filme chamado *Tempestade sobre o Pacífico,* dublada em inglês para lançamento no mercado americano. Uma história de pilotos de guerra. Lembro do meu pai. Quando eu era menina, ele passava a madrugada trancado no quartinho da lavanderia, montando miniaturas de Boeings da Varig, Lufthansa, Air France, Alitalia. Ele gostava de aviões comerciais. Comprava modelos importados, kits com centenas de peças. Ficava horas separando, pintando e colando as pecinhas.

Heitor não está na fila quando saio da sala.

Vou até o boteco. Na entrada vejo Silvestre e tenho alguma esperança. Mas há apenas um copo na mesa. Sento e conversamos por um tempo, Silvestre me trata como sempre, sem qualquer traço de risadinha ou malícia. Bom sinal, a notícia da minha noitada não deve ter chegado até aqui.

Silvestre é engraçado. Me distraio, depois ele conta uma história trágica. Sua mãe e o irmão foram baleados em casa num assalto, há alguns anos. Ele mora sozinho no centro, nunca mais voltou para o bairro onde nasceu.

— Você nunca casou? — pergunto, tentando ser solidária.

— Não causei esse desgosto a ninguém.

— Somos aves desgarradas.

— Eu não diria tanto — ele responde. — Estou mais pra patinho feio.

Tento prolongar o assunto e talvez descobrir algo sobre Heitor, mas Silvestre fica melancólico. Passamos a falar de política, corrupção e lavagem de dinheiro, e a conversa se alivia. Heitor não aparece. Às dez e meia volto sozinha pra casa.

7

SEGUNDA-FEIRA, 10 DE MAIO

Dez da manhã. Finalmente acabaram as bisnaguinhas. Abro o armário sobre a pia, tem aveia e meio pacote de bolacha salgada. Meio pacote é bastante para meus padrões.

Como a bolacha com café.

Escovo os dentes, arrumo a cama. Está na hora de trocar os lençóis.

Hoje deveria ser meu dia de leitura. Minha resolução de Ano-Novo, idealizada numa esteira de palha na praia de Guaibim, na Bahia. Longas férias na casa do meu pai. Horas deitada tomando sol, lendo *Comer, Rezar, Amar* enquanto suava lambuzada de protetor solar. Então decidi que toda segunda-feira — o primeiro dia útil de cada semana — eu realizaria minhas vontades mais sinceras e ficaria em paz, ao sol, a ler e dormir.

Resolução praticamente inviável porque o sol bate na minha janela só às quatro da tarde. E porque este livro sobre economia sustentável é muito chato.

Olho pela janela da minha quitinete. Na rua, passa uma adolescente de cabelo comprido, rosto de menina, mochila pesada nas costas. Atrás dela um garoto da mesma idade, mochila igualmente cheia. Estão matando aula? Um professor faltou? Os dois atravessam a rua devagar, rindo, meio preguiçosos. Ela quer ir numa direção e ele não parece convencido, mas a segue mesmo assim.

De longe ouço os carros e os ônibus passando na avenida Nove de Julho. Motos fazem um barulho alto e ardido. Dentro da quitinete, silêncio. Só eu olhando reflexiva a paisagem.

No ano seguinte ao meu divórcio, minha vida avançou de maneira razoável. Consegui meu trabalho na escola de teatro. Cheguei até a recusar uma outra vaga porque pagavam pouco. Pensei que não tinha pressa, eu estava bem, não precisaria me submeter a nenhum contrato abusivo.

Depois que recusei, não surgiu nenhum outro emprego.

Vejo os adolescentes, a distância, virando a esquina no fim do quarteirão. Agora estou aqui, no décimo dia do mês, contando moedas. Como imaginei que poderia viver com dois mil reais? É pouco hoje e ainda vai piorar. Eu cada vez mais velha. O tempo passa e minhas chances de emprego só diminuem. Vai aparecer gente mais jovem e mais interessante. Vão me ignorar quando disser "Fui roteirista dez anos atrás".

E quando ficar doente, incapaz, sem dinheiro pra comprar remédios? Vou ter que pedir ajuda ao meu irmão? Vou morar de favor no quarto dos fundos do apartamento dele?

Enquanto me deprimo, o telefone fixo toca. É minha mãe:

— Tudo bem, Dedê? Pode falar?

Digo que sim.

— Você dá uma passadinha no apartamento? Esqueci a roupa na máquina de lavar.

— Afe, mãe. Lava de novo depois.

— Credo. Vai cheirar a mofo.

— Põe vinagre.

— Dedê, estou te pedindo. Custa você ir no apartamento estender a roupa?

Respiro.

— Já falamos sobre isso, mãe.

— Você vai fazer alguma coisa hoje?

— Mãe.

— Me fala. O que te impede de ir lá estender a roupa pra mim?

Respiro fundo. Devagar.

— Mãe, já te disse, vou explicar de novo: só me pede alguma coisa quando for importante. Se for importante, eu te ajudo. A roupa você pode lavar com vinagre depois. Vem no domingo almoçar com a gente, aí você resolve.

— Você é muito egoísta.

— Quando é que você vem pra São Paulo?

— Você quer que eu pegue o carro do Padre pra subir a serra, eu que não dirijo faz cinco anos, só pra lavar uma roupa que você recusa a andar duas estações de metrô pra estender? É isso, Dedê?

Fico em silêncio.

— Você quase não trabalha e se recusa a ajudar sua mãe.

— Dona Maria Ivete, vou mudar de assunto.

— Como você é chata.
— Podemos mudar de assunto?
— Fala você. Eu não tenho nada pra falar.
— Você falou com o Pablo esses dias?
— Ele ligou ontem. Túlio teve a primeira aula na escolinha de natação.
— E como foi?
— Ele chorou a aula inteira. Não queria entrar na piscina pequena de jeito nenhum.
— Mas ele estava animado!
— Queria ir na piscina grande. Quando viu que era a pequena, fez um berreiro.

Dou risada. Dona Maria Ivete também. Pergunto se vamos almoçar neste domingo, ela não tem certeza.

Na hora do almoço, subo até a avenida Paulista para ver a civilização. Moro na parte baixa, onde há mais lixo nas calçadas. Uma quitinete nos quarteirões mais altos custa quase o dobro da minha.

Vale-refeição é uma espécie de dinheiro que faz parte do salário, mas dá menos aflição de gastar. Só vale em restaurantes e padarias. No começo do mês, quando recebo os créditos do vale, posso me dar a esse luxo.

Na avenida Paulista há um restaurante francês com uma grande janela para a calçada. A comida é apenas razoável — a garrafa de azeite tem óleo de soja —, mas adoro a janela. Sento junto ao vidro para observar as pessoas passando. Estudantes e suas mochilas encardidas, mulheres com blusinhas de escritório, pessoas na fila pra comprar sorvete de casquinha no McDonald's. Peço um filé com molho de pimenta verde. Duvido que um francês criterioso aprovasse o que servem, mas não estamos na França.

Peço também uma cerveja — long neck na taça, para sugerir certa elegância. Bebo devagar enquanto espero meu prato. Por um instante, lembro da primeira viagem que fiz com Ricardo, ainda antes de nos casarmos oficialmente. Visitamos um museu em Lima, no Peru, depois bebemos vinho branco num restaurante moderno que servia comida peruana gourmet. Era um pátio aberto com poucas mesas, a noite estava clara. Julho de 1998, fazia dois anos que eu estava formada e ainda ganhava pouco. Ricardo pagou a viagem. Ele também pagava sozinho o aluguel do nosso apartamento. Eu gostava de sentir pela primeira vez: "nosso apartamento". Acordávamos cedo juntos, ele abria a porta e pegava o jornal sobre o capacho da entrada. Ricardo de pijama, as pernas peludas, lendo seu jornal — o mesmo jornal esportivo que seu pai assinava pra deixar na padaria.

Eu adorava que Ricardo fosse filho de um dono de padaria.

Na rua aparecem uns adolescentes com a camisa do Santos, um deles enrolado na bandeira do time, que desfila pela calçada gritando: "Dá-lhe ôôô, Dá-lhe Santos, meu amor!". O jogo foi na outra semana, mas ainda estão comemorando. Santos é campeão paulista. Sei disso porque a TV ficou a tarde toda ligada no apartamento da minha mãe, quando almoçamos no outro domingo. O Padre, seu namorado, é santista. Ela nunca gostou de futebol, mas disse que a partida foi inesquecível.

Alguns transeuntes acenam com simpatia para os garotos. Um homem de terno passa, faz um gesto de vitória e grita: "Nascer, viver e no Santos morrer!". Eles batem as mãos, o homem segue seu caminho e os adolescentes param no ponto de ônibus.

De repente, ouço uma batida no vidro. A luz e o movimento da calçada me distraem, demoro a localizar o rosto que sorri, a mão que acena. Finalmente vejo com certo choque que é o engraçadinho amigo do Heitor. Ele faz um joia, sorrindo, indicando minha cerveja. A cidade tem vinte milhões de almas perdidas, as probabilidades sugerem que você nunca irá reencontrar alguém. Mas sempre aparece quem você prefere evitar. Encolho os ombros, é isso mesmo, eu tomo cerveja ao meio--dia de uma segunda-feira. Ele dá um tchauzinho e segue pela calçada, de calça e camisa social, mais um tipo de escritório que tranquilamente desaparece entre os transeuntes.

Os garotos no ponto de ônibus continuam cantando seu hino de torcida: "Vai pra cima dele, Santos/ Vai com determinação/ Tu que és o glorioso". Mais um cidadão acena positivamente enquanto passa: "Dá-lhe Santos, meu amor!". Meu filé está demorando, a cerveja de 275 mililitros quase no fim. Canso de olhar a janela e espio as outras mesas — é quando vejo o comediante nos degraus da entrada.

— Em plena segunda-feira, a-ha! — ele diz, simpático como um velho amigo.

Você transa com um parceiro de boteco e teria, neste caso, toda razão para acreditar que nunca toparia com o sujeito em horário comercial. Mas as noitadas nunca te esquecem.

— Não tá fácil pra ninguém — respondo.
— Você trabalha por aqui?
— Só passeando.
— Quem pode pode. Aceita companhia? — ele joga, entre popular e cavalheiro, como uma letra de pagode. Penso numa maneira cortês de dizer não quando o garçom chega com meu filé acompanhado de uma enorme porção de batatas fritas. Será difícil me mostrar antipática diante de tanta comida.

— Você come bem — ele nota, e se senta. — Vou pedir um igual. Mas cerveja sem álcool, pra não dar bafo no trabalho.

Não há nada de errado com este gorducho grisalho e calvo — sujeito simpático, me tratou bem nas circunstâncias apresentadas. Porém no presente momento eu não planejava me exercitar numa conversação cordial. Continuo comendo o filé. Um carro passa devagar em frente ao ponto de ônibus, o garoto com a bandeira do Santos grita "Neymar na Copa!". O garçom chega com outra cerveja e me distraio da cena, o bicão quer fazer um brinde. Ele belisca uma batata do meu prato sem pedir licença. Na calçada, os adolescentes torcedores batucam na lataria dos ônibus que passam.

— Grande jogo — ele diz.
— Fiquei sabendo.
— Luxemburgo colocou o Neymar na linha. Quando esse menino entrar na seleção, é hexa com certeza.

Comemos. Não falamos tanto porque nós dois mastigávamos. Às vezes ele faz alguma pergunta:

— Tá planejando algum filme nesta semana? — Ou: — Faz tempo que você conhece o Heitor?

Respondo nos intervalos entre mastigar e engolir.

Ele também solta umas gracinhas. Quando morde uma batata, pergunta: "O que o sal disse para a batata?". E conclui ele mesmo: "É nóis na frita". Passa um ônibus biarticulado e os garotos do Santos embarcam com um último grito: "É campeão!". A agitação na calçada se dissipa. Meu amigo termina de comer e limpa a boca com um guardanapo. Vejo sua mão grande passando o papel sobre a boca (tenho lembranças desses dedos). A companhia dele não é desagradável, mas não estou totalmente convencida de mostrar minha simpatia. Nós transamos por acaso, numa noite de bebedeira. Isso vale pouquíssimos pontos no bingo das relações civilizadas. E hoje, que estou esbanjando meu vale-refeição com imprudência em busca de um urgente conforto moral, tenho pouco a oferecer. Finalmente pagamos a conta. Quando nos despedimos, ele pergunta pra que lado vou. Aponto a calçada de baixo. Ele parece decepcionado:

— Pena. Eu podia te acompanhar, mas entro às duas. Trabalho na Caixa Econômica da Frei Caneca.

— Vem pra Caixa você também — comento, exibindo meu repertório de slogans clássicos da propaganda nacional.

Ele ri:

— Quem sabe nos vemos no fim de semana.

Uma resposta vaga é o máximo que consigo articular:

— Quem sabe.

— Você está no Facebook? Diga seu nome que eu te encontro.

— Ah, você não lembra o meu nome? (Eu não lembro o dele.)

— Mercedes. Claro que lembro. Mas não sei seu sobrenome.

O nome de velha que carrego desde criança certamente causou danos à minha personalidade. Mesmo assim digo:

— Mercedes Correia.

— Que antigo — ele comenta. (Bingo!)

— Minha mãe era fã da Mercedes Sosa.

— E seu irmão é Geraldo, por causa do Geraldo Vandré?

— Não. É Pablo. Por causa do Pablo Neruda.

— Espera só um minuto — ele diz. Mexe nos bolsos e tira uma caneta, um envelope de boleto e uma chave. Guarda a chave novamente, rasga um pedaço do boleto e anota um número.

— Meu telefone — ele me entrega o papel. — Adoro canções de protesto.

Vejo finalmente o nome dele no papelzinho: Noel. Quem diria. Nunca conheci pessoalmente um Noel. Aproveito a surpresa para encerrar a conversa de modo galante:

— Noel, você é um cara legal. Mas...

Ele continua sorrindo. Não pretende dar crédito à minha conjunção adversativa.

— Mas... (continuo)... não estou num bom momento. Não sou boa companhia.

— Quanto a isso, me permita discordar.

— Estou falando sério. Na boa. Não rola.

O sorriso dele desmancha um pouco.

Dou um tchau preguiçoso e tento esboçar um sorriso de piedade.

Pego o metrô, vou para o apartamento da minha mãe e penduro a roupa da máquina de lavar.

8

TERÇA-FEIRA, 11 DE MAIO

Não olho meu cronograma da escola desde quinta-feira. São quatro dias inteiros de folga, quase esqueço o que é trabalhar. Me sinto como se nunca tivesse dado uma aula antes e sem a menor ideia do que é ser professora.

Ligo o computador e deixo o sistema carregando enquanto arrumo a cama. Dobro a coberta, tentando lembrar o tema da aula de hoje. Não consigo.

Comprei este computador em 2006, quando ainda tinha um bom emprego e estava bem casada. Na época não quis nada caro porque não achei necessário. Havia uma promoção de computadores populares, incentivada pelo governo. Achei bom. Passados quatro anos, tudo funciona com lentidão. Tento me acostumar aos longos tempos de espera para carregar o sistema, porque hoje, mesmo que quisesse, não poderia gastar com isso. Melhor limpar a memória e apagar programas desnecessários.

Termino de arrumar a cama, sento na cadeira e a luzinha de processamento ainda está piscando. Por garantia, espero ainda alguns segundos.

Meu irmão Pablo comprou um celular novo com teclado digital. Diz que estou desatualizada por acessar a internet só no computador. Fez um plano telefônico caríssimo para ver os e-mails e Facebook direto no aparelho. A mensalidade custa mais que meu condomínio.

Mas aí entramos na velha questão: nesta minha nova vida minimalista (duranga), além de minhas frustrações pessoais de consumo, tenho que aguentar as reações da minha família, que oscila entre os sábios conselhos e o deboche. Pablo riu dos meus argumentos sobre a tendência mundial sofisticada chamada "pobreza voluntária". Minha mãe, nos seus melhores momentos, diz que estou "desperdiçando meu potencial".

A luzinha de processamento para de piscar: isso indica que o sistema finalmente carregou. Abro o navegador. Mesmo que não esteja cansada, antes de trabalhar preciso relaxar um pouco.

Vejo as notícias. Manchetes de hoje: Vinte pessoas mortas por um carro-bomba no Iraque; as Bolsas de Valores se animam e o dólar cai; o estado de São Paulo corre risco de apagões elétricos. Nada disso me interessa. Bem lá no fundo, queria regredir a um mundo sem dinheiro ou eletricidade. No caderno cultural, um produtor de eventos diz que o hip-hop ficou estigmatizado na cidade. Sou viciada em manchetes, porém leio poucas matérias na íntegra. Melhor preparar logo a aula, assim fico livre para descansar à tarde antes de sair.

Pelo meu cronograma, o tema de hoje é "Personagens de Hollywood nos anos 80". Esta aula correu bem ano passado.

Mostrei *Rocky, um lutador*; *Karatê Kid, a hora da verdade*; e *O último dragão*. Os alunos se envolveram.

Releio minhas anotações. Abaixo dos títulos há algumas palavras-chave: "A jornada do herói. A luta corporal. A verdadeira força interior."

Que ideias filosóficas para uma aula de roteiro. Que coragem de ir por esse caminho, há doze meses, quando organizei essas notas. Não pratico esportes, não entendo nada de lutas ou competições. Não sei quase nada de cultura oriental. E se um aluno fanático por cinema de ação quiser discutir exemplos a que nunca assisti? Eu poderia enrolar um pouco falando de *Eu bombardeei Pearl Harbour*. Para me garantir, leio os verbetes na Wikipédia sobre "Filmes de artes marciais", "Cinema de ação de Hong Kong" e "Artes marciais chinesas".

Sete da noite, a aula começa. Coloco minha pilha de DVDs ao lado do aparelho. A sala tem uma televisão grande, mas nem tanto. Nada de imagens espetaculares, mas dá para falar de personagens. A seleção de hoje será uma desilusão para alunos com expectativas grandiosas sobre a arte cinematográfica. Gente pobre que vence com o próprio suor — o estudante de *Karatê Kid* e sua mãe divorciada, o boxeador Rocky. Treinando, trabalhando, literalmente suando.

Ninguém contesta minha escolha. Mas a turma tem um fã do Steven Spielberg que fica puxando o assunto para *Indiana Jones*: poderíamos dizer que, no cinema americano, mesmo os intelectuais precisam ser aventureiros e lutar? Não entendo a insistência: por que falar de intelectuais, se o tema são as artes de combate? E por que esse diretor, se sugeri outros? Ele insiste, defende que é impossível discutir os anos 80 sem mencionar Spielberg e George Lucas. A certa altura me canso, a proposta da aula é falar das personagens, seus conflitos e superação, e Indiana Jones é apenas um aventureiro cumprindo uma tarefa. Digo que não gosto de Spielberg, o último filme bom que dirigiu foi *Contatos imediatos do terceiro grau*. O aluno compra a briga e começa a listar as grandes obras do seu ídolo. Percebo meu erro de estratégia tarde demais e tento encerrar o assunto falando de *Poltergeist*, um filme que posso elogiar sinceramente — o que, espero, acalmará o aluno.

Então ele me pega:

— Mas ele não dirigiu *Poltergeist*.

Fico meio atordoada e tento disfarçar:

— Ele escreveu o roteiro.

— Mas não foi ele quem dirigiu.

Todos os alunos testemunham que gaguejo. Não tenho mais certeza do que afirmei, me perco na insegurança. Tento retomar o fio da meada, voltar aos exemplos que preparei, mas me falta fluência, estou com vergonha, só quero que a aula acabe.

O cinema dos anos 80 é um tema perigoso. Foi a época da minha adolescência, tenho a impressão de saber tudo que aconteceu, algo que estatisticamente não pode ser verdade.

Volto pra casa de ônibus, melancólica. A frase errada volta à lembrança, não consigo me perdoar pela bobagem que falei. Parece que não faço nada certo, estou só me enganando. Que ideia estúpida ser professora. Como pude pensar que tinha preparo para isso? Roteiristas não são intelectuais, são só aventureiros cumprindo uma tarefa. Eu nem sequer era uma boa roteirista. Projetos ruins, chefes ignorantes, tudo uma grande enganação. Meus colegas eram promovidos e eu ficava estagnada sempre na mesma função entre equipes cada vez mais jovens.

Chego em casa às onze e meia da noite. Olho na internet e confirmo que o diretor de *Poltergeist* foi Tobe Hopper, diretor do *Massacre da serra elétrica*, um clássico, e eu não lembrei. Meu aluno muito mais jovem sabe mais que eu.

Me sinto humilhada. Mando um e-mail para a turma com a ficha técnica do filme. "Como complemento", escrevo. Talvez me achem maluca, escrevendo e-mails às onze e meia da noite. Mas preciso retomar o controle, avisar que sei das coisas, sou capaz de reconhecer quando erro.

Desligo o computador e sinto um impulso desesperado de comer. Faço dois pacotes de miojo com ketchup e manteiga. Engulo tudo. Preciso de algo calmo, quente e macio. Ainda parece pouco, abro uma lata de atum e como às colheradas, com mais ketchup, sobre bolachas salgadas.

Ligo a televisão. Por favor, ondas eletromagnéticas, me iluminem. Preciso de uma mensagem bonita, inspiradora, transcendente e urgente.

9

QUARTA-FEIRA, 12 DE MAIO

Acordo com o despertador do celular. No banheiro, lavo o rosto, tiro as remelas, escovo os dentes. Lembro com nojo de tudo que comi ontem à noite. Não quero nada, nem café.

Tem suco de caju. Ainda bem, caju limpa todas as impurezas do mundo. Bebo um copo inteiro, encho outro copo e volto para a mesa. Pego meu bloco de notas, espalho as folhas sobre a mesa. Tenho que me mexer. O mar de papel branco me dá medo, mas vou enfrentar. Em cada folha, escrevo o nome de uma empresa onde trabalhei.

Folha 1 — Olho Mágico Filmes

Folha 2 — Mondo Mídia

Folha 3 — Samba Studio

Folha 4 — TV América

A lista me leva a um rápido panorama da minha carreira, que não me traz muito orgulho. Por que fiz tudo isso? Por que passei por todos esses lugares? Eu poderia ter ficado na folha 1, na Olho Mágico, uma empresa familiar e idealista, onde ganhava pouquíssimo, mas me sentia bem.

Porém a lamúria não me ajuda agora.

Preciso de nomes. Fecho os olhos e tento lembrar de ex-colegas que simpatizavam comigo. Um rosto aqui, outro ali. Pra dois ou três lembro claramente de ter dito (arrogante) que estava me aposentando de tudo. Voltar atrás, agora, que humilhante.

Será que eu conseguiria explicar para meus ex-colegas, todos provavelmente estressados, que procuro um trabalho de amigo? Uma coisa pequena, um bico rápido, um quebra-galho que possa fazer de vez em quando, sem muita dor de cabeça. Quem se comoveria com tal pedido? Que formiga ajudaria meus sonhos de cigarra?

Dos meus colegas de faculdade, foi Roberta quem mais fez dinheiro por conta própria. Saiu do zero e criou sozinha uma empresa pra rentabilizar o talento do marido sonhador. Ela admira os espíritos livres e sabe lidar com eles. Mando um recado por celular. Faz dois meses que não nos vemos, então começo espontaneamente em meu papel de amiga. Escrevo: "Rozinha, saudades! Por onde você anda? Vamos marcar alguma coisa?".

Ligo o computador e jogo meu joguinho de confeitaria enquanto espero. Tenho o dia todo para esperar a resposta dela. Quando decidi ser professora, alguns anos atrás, estava seduzida pela ideia de férias mais longas e horários flexíveis. Não aguentava mais trabalhar até tarde e nos fins de semana para cumprir prazos abusivos em projetos idiotas. Dar aulas parecia mais confiável e relaxante. Não imaginava como é difícil achar boas vagas como professora de cinema.

Meus pensamentos se interrompem com a vibração do celular. É Roberta que me responde: "Milhões de saudades, amiga! Posso ligar?".

Arrumo um sorriso que ela não poderá ver, mas aquece minha personagem. Roberta me liga porque sou sua amiga, ela me ama demais, acha que sou equilibrada e generosa, e sempre a escuto e admiro pela dura tarefa de ser tão bem-sucedida sacrificando sua alma poética. Não posso decepcioná-la porque preciso de seus favores. Finalmente escrevo: "Liga sim!". Não é culpa dela que decidi me divorciar e enjoei de ouvir seus pequenos dramas de mulher casada.

Trocamos frases apaixonadas de amizade e dou logo minha cartada:

— Vamos jantar no sábado? Assim a gente conversa melhor.

— Sim, amiga! Você vem aqui em casa? Tenho dó de deixar a Martina. João Vitor faz umas caipirinhas, que tal?

— Claro, Roberta. Tá ótimo.

Conheço Roberta há vinte e dois anos, desde os tempos do cursinho, onde eu chegava mal-humorada e suada por causa da ladeira opressiva do meu apartamento até o metrô. Na classe encontrava Roberta arrumada e bem-disposta, apesar dos noventa minutos de ônibus que ela enfrentava desde o fim da avenida Santo Amaro, onde sua mãe tinha uma loja de aluguel de roupas de festa.

Ela aproveitou o diploma de cinema para fazer dinheiro. Teve estômago para produzir centenas de comerciais e vídeos institucionais. Trabalhei com ela nessa fase — escrevi dezenas de expressões tipo "conquistam resultados únicos", "abrangência nacional e internacional" — depois, ao contrário de Scarlett O'Hara, jurei que passaria fome, mas jamais escreveria isso novamente. Agora preciso de sua ajuda.

Rendida aos desígnios cósmicos, colho beterrabas no meu joguinho. Produzo açúcar, asso tortas. Voltar a jogar foi uma decisão orgulhosa, quando me divorciei. Quem joga nunca está sozinho.

10

QUINTA-FEIRA, 13 DE MAIO

Dia de trabalho e textos dos alunos para ler. É uma tarefa que me agrada. Leio, penso numa sugestão, anoto no canto da folha. Hoje vou caprichar e distribuir alguns elogios. Preciso demonstrar a mim mesma que sei o que estou fazendo.

Limpo a mesa, ajeito as folhas numa pilha bem arrumadinha, tiro a tampa da caneta e começo a ler, ereta e comportada como uma professora de óculos num vídeo pornô.

Toda semana tenho umas quinze páginas para ler e comentar. Pego a primeira folha da pilha, dou uma olhada nas outras. Nenhum texto muito longo, Deus abençoe os alunos preguiçosos.

Dirijo meu olhar à primeira linha. Só tenho que me concentrar nas letras pretas nesta folha branca que meu aluno teve a dedicação de imprimir. Sou uma pessoa com foco, dedicada aos alunos, útil à sociedade. A folha tem margens estreitas, letras pequenas, o título em negrito: "São Paulo vazia". Continuo: "Este trabalho é inspirado na obra do crítico e cineasta Kleber Mendonça Filho, que em 2009 dirigiu um surpreendente exercício de sátira social...". Introdução meio pretensiosa para uma sinopse, mas a pontuação é correta. Desço o olhar até o rodapé da página, para ver quem escreveu. É o fã do Spielberg.

Minha atenção desaparece. Lembro da aula de terça-feira, perco a coragem de tudo. Não sei o que dizer a esse garoto. Se eu elogiar, ele vai me desprezar por ser pouco exigente. Se sugerir mudanças, ele vai questionar meus argumentos.

Largo as folhas. Ligo o computador para esquecer de mim mesma. Abro o Facebook na esperança de encontrar alguma notificação, mas Heitor sumiu, não manda notícia, nenhum joinha, desde a fatídica noite em que transei com seu amigo bancário Noel.

Abro nossos chats antigos pra ver se alguma mágica acontece. Se eu ficar olhando o ícone dele, aquela bolinha verde indicando que está on-line, talvez ele receba meus sinais telepáticos e dê um alô.

Leio as velhas mensagens. Em 17 de março contei que estava almoçando uma lasanha Sadia e ele respondeu com uma risadinha. Em 8 de abril elogiei *Paranoid Park*, do Gus Van Saint, e ele criticou o privilégio dos skatistas brancos. No dia 16 de abril ele me convidou para uma sessão no centro cultural:

"Você já viu *O conformista*, do Bertolucci? Vai passar sábado às 15h."

"Não vi."

"Vamos?"

Respondi que a ideia era boa, mas eu estava traumatizada com os filmes políticos desse diretor. "*A estratégia da aranha* é chatíssimo*"*, eu disse.

"Você prefere *O último tango em Paris*? Tem às 17h."

"Uau" — respondi.

"Ótimo filme pra ver a dois" — ele comentou. E enviou uma piscadinha.

Foi o auge do nosso flerte. Eu não podia ir ao cinema naquela tarde, porque era aniversário do meu sobrinho Túlio. Depois disso, a bola murchou.

Abro o perfil do Heitor. Começo a olhar sua linha do tempo. O que ele fez na semana passada? Postou alguma coisa? É frustrante, quase não tem fotos, nenhuma informação pessoal. Olho todas as mensagens de aniversário que ele recebeu em dezembro passado, todos os comentários, tentando descobrir alguma namorada ou esposa. Não acho nada. Ou sou péssima detetive, ou ele é prudente como um agente secreto.

Pra checar minhas habilidades investigativas, tento descobrir algo sobre o aconchegante e simpático Noel. Sei o nome, a rua onde mora, sei que trabalha na Caixa Econômica. Será que encontro algo sobre a vida pessoal dele? Faço umas buscas e acabo numa rede social de negócios, onde as pessoas colocam seus currículos e fazem conexões em busca de trabalho.

Digito "gerente" pra arriscar alguma função. Descubro que a Caixa tem uma dezena de cargos de gerência: varejo, atendimento, negócios. Muita gente é gerente por lá. Olho todos os resultados, são quase quatrocentas pessoas. Sinto uma curiosidade meio indecorosa ao ver tantas fotos. Uma Selma Lúcia, um Marcelo Marques, um Júlio Eduardo. Um trabalhou em Miami, outro nasceu em Juiz de Fora. Vou olhando meio hipnotizada. Nem sei bem o que estou procurando. Gerentes-gerais, gerentes-regionais. Os homens de gravata, as mulheres de escova progressiva. Óculos, crachá pendurado, em eventos da empresa, ao lado dos cônjuges.

Quando eu morava com Ricardo, nossa conta bancária tinha vários dígitos. Ele investia. Eu ajudava nos cheques, impostos, todas as burocracias. Ricardo fez seu consultório num imóvel que ganhou do pai. Alugou salas para outros médicos, tinha recepcionista, contador, ramais telefônicos. Resolver assuntos bancários era minha atribuição, parte de um cansativo xadrez burocrático que eu jogava em nome do nosso patrimônio. Por ocasião do destino, eu era uma jovem rica, cliente de uma agência do segmento "alta renda".

Não sinto nostalgia disso. A riqueza não era natural para mim. Ricardo era econômico, ambicioso e trabalhador. Era o marido dos sonhos da minha mãe. Não dos meus.

Afasto as lembranças e volto à tela do computador.

Sigo olhando os perfis no site. O movimento é automático, eu divago. Vejo um Deyvid Salvador, uma Rita de Cássia, um Sandoval. Nenhuma dessas pessoas me interessa, os perfis não dizem quase nada: onde estudaram o primário, o colégio, a faculdade; inglês fluente (provavelmente não). Estão na Caixa há sete, doze, quinze anos.

Finalmente, na vigésima segunda tela, quase não acredito: Noel Edimar Lopes. A foto séria, em fundo neutro, parece escaneada do crachá. Noel trabalha na Caixa Econômica há oito anos e dois meses. Começou como técnico, depois atendente comercial, e finalmente gerente de relacionamentos Pessoa Física.

Trabalhou apenas dezoito meses como corretor de imóveis.

Uma surpresa: antes de tudo isso, foi psicólogo numa clínica. Com uma "equipe multidisciplinar", fazia "acompanhamento terapêutico de dependentes químicos e idosos com comprometimento psíquico". Fez faculdade de psicologia na Universidade São Judas Tadeu. De 1989 a 1991, cursou contabilidade na Escola Técnica Estadual da Vila Formosa.

Já estive pelada no apartamento dele, escovei os dentes com sua pasta sem tampa. Não sobrou nenhuma dignidade que me impeça de sentir simpatia por ele.

***

Cinco da tarde. Na escola de teatro, já peguei café na máquina.

Raíssa está meio largada numa poltrona colorida, no canto de descanso. Me aproximo e pergunto se quer um café também.

— Ah, não. Já tomei um monte. Tô com azia.

Pergunto sobre as festas e os projetos dela. Raíssa conta das esquisitices de um carinha com quem está saindo, provavelmente um psicopata, segundo ela.

— Amiga, me dá sua opinião de especialista — peço. — Vem ver uma coisa aqui no computador.

Ela não se anima:

— É coisa de aula?

— É um cara.

— Opa. Aí sim.

Abro o Facebook e viro a tela pra ela:

— Fala o que você acha.

Ela puxa uma cadeira para o meu lado. Começa a ler os diálogos que tive com Heitor pelo chat.

— Quem é o gatão?

— Finja que você não me conhece. Só leia e me diga: parece que tá rolando alguma coisa?

— Entre vocês?

— É. Lendo esse diálogo, você acha que isso é uma paquera?

Raíssa assume sua postura investigativa e começa a ler toda a sequência na tela.

— Vocês se conhecem pessoalmente?

— Sim.

— Já ficaram?

— Não.

Ela continua lendo.

— Ele é solteiro?

— Nunca perguntei.

É a primeira vez que vejo Raíssa tão concentrada num problema. Ela se afasta um pouco da tela. Fica pensativa.

— Todos os diálogos aqui são de dia — ela observa. — Olha aqui: onze da manhã, três da tarde, quatro e quinze. Você já teclou com ele de noite, de madrugada?

— Não sei.

— No domingo...?

— Não lembro, Raíssa.

Ela pondera, cautelosa:

— Eu desconfiaria. Se ele só responde em horário comercial, há grande chance de ser casado.

Pego outro café na máquina, estarrecida com a lucidez de Raíssa. São cinco da tarde. Alcanço minha mochila, pego minha carteira. Lá dentro está o papelzinho que Noel me deu. O seu número de telefone.

Mando uma mensagem: "Oi, tudo bem?".

***

Quinta-feira, quase onze da noite.

Saio da Lapa em direção à rua Augusta para encontrar um homem que mal conheço. Curiosamente, a aula de hoje foi boa. Não me preparei direito, mas acertei o tom. Sugeri uns exercícios de improvisação e os alunos se divertiram com a gincana inusitada. O fã do Spielberg permanece meio desconfiado, mas não se intrometeu.

O ônibus 875H entra na avenida Sumaré em alta velocidade, ultrapassando todos os faróis abertos. Eu me sinto uma contrabandista cruzando o rio à noite numa lancha carregada de mercadorias.

Jurei que iria purificar meus hábitos, depois de um ano de muitas cervejas e bares. Em 2009 "passei o rodo", como se diz. Estava em pleno direito de pisar na jaca, depois de dez anos casada, cumprindo meus votos de dedicação e fidelidade. Acho que ninguém mais usa essa gíria, "passar o rodo". Mas gosto de rodos de cozinha. Você joga água e carrega tudo que está no caminho.

O ônibus sobe uma ladeira e atravessa o viaduto na direção da Paulista. Imagino o que Ricardo diria se me visse de calça jeans e sapatilha-tênis neste ônibus, numa quinta-feira, às onze da noite. Nunca o vi dentro de um veículo de transporte público.

Descendo a Augusta, vejo as mesas cheias. As pessoas estão felizes. Moças lésbicas e rapazes gays cruzam as esquinas de mãos dadas, à vontade. Para quem cresceu nos anos 80, é surpreendente.

O BH é um boteco na esquina da Augusta com a Luís Coelho. Eu o frequentava muito durante a faculdade, quase vinte anos atrás. A vantagem de um boteco vagabundo é que não dá pra decair. Ele continua lá do jeito que sempre foi.

Vejo Noel lá dentro, sentado ao balcão.

— Não tinha mesa livre — ele diz.

Está tomando uma Coca-Cola. De camisa polo limpa. O cabelo bem penteado. Deve ter tomado banho depois do trabalho, antes de vir pra cá.

— Vamos em outro, então?

— Vamos lá.

Ele abre a carteira e procura uma nota pra pagar o refrigerante. Vejo que guarda as notas bem organizadas. Procura com atenção e acha cinco reais, que deixa sobre o balcão. Dá um tchau para o garçom e lança um "Até logo, amigo".

— Quer beber ou comer? — ele pergunta, quando paramos na esquina meio sem ideia de onde ir.

— Eu comeria alguma coisa sim.

— Quer tentar o Violeta?

— Vamos.

Ele parece menos confiante que no outro dia. Também estou meio sem graça. Descemos a rua e fico à esquerda, perto do meio-fio. Ele troca de posição e se coloca à moda antiga, do lado externo da calçada. Penso em dizer algo gentil, mas nada me ocorre.

O cinema da rua já está fechado. Apenas uma porta estreita aberta, para a saída da última sessão. Em frente, um vendedor de DVDs pirata guarda sua mercadoria em sacolas, desmontando a banca.

Noel diz:

— Outro dia comprei uma coletânea de pornôs gays antigos. É bem louco.

— Você gosta de pornô gay?

— Eu gosto de cinema mudo.

Tento me corrigir, arrependida de debochar desse assunto:

— Claro. É história.

Seguimos mais uns passos. Ele diz:

— Eu até gostaria de ser gay. Seria mais fácil.

— Fácil pra quê?

Ele completa, meio melancólico:

— Os gays gostam de ursos.

Chegamos ao Violeta, mais digno hoje do que era décadas atrás, quando eu jantava pizza no balcão. Agora tem mesinhas plásticas na calçada. E um letreiro novo: "Violeta Bar e Restaurante. Desde 1958". Nos anos 1990 não precisavam anunciar tanta tradição.

Sentamos e o garçom se aproxima. Noel pergunta o que vou querer.

— Uma soda zero.

— Gelo e limão? — diz o garçom.

— Sim.

— Pra mim uma Coca.

A segunda Coca-Cola da noite. Se Noel toma refrigerante doce com essa frequência, é compreensível que esteja acima do peso. O pensamento me vem, sem crítica. A gordura dele é proporcional e bem distribuída. Além disso, homens viciados em açúcar têm algo infantil que enternece. Pergunto interessada sobre os filmes mudos gays.

— São densos — ele diz. — Alguns têm uma fotografia excelente. Não é bem pornô, mas erótico. Tem uns marinheiros. Uma travesti francesa que era famosa nos anos 20.

— Interessante mesmo.

— Se você quiser, te empresto.

Conversamos mais sobre filmes antigos. Conto que fiz faculdade de cinema.

— Eu sei, você falou naquele dia.

— Ops. Desculpe a redundância.

— Tudo bem — ele diz.

Peço um pedaço de pizza. Ele não come nada, diz que já jantou.

Desmentindo meus temores, nossa conversa é agradável, mesmo sem os encantos do álcool no sangue. Pouco depois da meia-noite o garçom começa a varrer o salão interno do bar.

Noel diz que acorda cedo amanhã para trabalhar. Digo que também (é mentira). O garçom traz a conta num papelzinho rabiscado, e Noel não me deixa pagar.

    Estou acostumada a voltar pra casa por conta própria. Mas Noel toma a iniciativa de chamar um táxi e faz um sinal para o primeiro carro que aparece. O motorista passa reto, já tem passageiro. Esperamos na esquina. Fico imaginando se está claro pra ele que vou pra minha casa (sozinha). Também penso que não deveria gastar esses sete reais, poderia ir a pé. Mas Noel pagou minha pizza, vou aproveitar o luxo. Passa outro carro, Noel faz outro sinal. O táxi também está ocupado e segue reto. Enquanto estou parada fazendo minhas contas, ele tenta enxergar os carros. Sinto uma ternura por quem o ensinou a ser tão educado.

— Tá difícil — ele diz.

— Desencana. Eu vou a pé.

— Você não vai a pé. É perigoso a esta hora.

— Tem razão — admito. — Talvez seja mais fácil na Paulista.

    Subimos pela calçada em direção à avenida. Meu humor oscilou durante o dia e já estou meio com sono. Sinto vontade de um abraço, de me aninhar num corpo quente. Noel caminha em silêncio.

— Não quero ir pra casa — digo a ele.

— Que bom — ele responde.

Passou da meia-noite quando Noel abre a porta de seu apartamento. Faz um gesto cavalheiro, para que eu entre primeiro. Acende a luz, olho a sala: um sofá, TV e um aparador com três globos terrestres. Ele pergunta se quero beber alguma coisa.

— Tem água com gás?
— Não... Quer um suco? Tenho de pêssego, acho.
— Tá.
— Pêssego mesmo?
— Isso.

Sento numa cadeira enquanto espero. O lugar não é grande nem pequeno, um daqueles apartamentos antigos, de sala comprida e estreita. Ainda tem o taco original de madeira no piso. Noto os pôsteres na parede: o cartaz de *Blade Runner: o caçador de androides*, um painel com raças caninas, a imagem de um antigo pacote de Maizena, com uma mulher servindo um bolo na travessa. Não percebi esse detalhe doméstico na primeira vez que estive ali.

Noel volta com dois copos de suco e senta na outra cadeira. Ficamos os dois à mesa, frente a frente, como num chá da tarde.

— Você gosta de globos terrestres — eu digo.
— O apartamento ficou vazio, na minha última separação. Resolvi colocar o que eu gostava.
— Globos, Maizena e *Blade Runner*?
— Também gosto de cachorros.
— Você já se separou muitas vezes?

Ele mostra os dedos:

— Três. — Depois se corrige: — Quase quatro.
— Quase?
— Minha primeira mulher oficialmente tinha outro endereço.

É nosso terceiro encontro, e já sei mais sobre ele do que de Heitor. Teve três mulheres, quase quatro. A última foi embora e deixou o apartamento vazio. Noel segura minha mão, apertando meus dedos.

— Não fumei nada esta semana — ele diz. — Melhora o hálito.

Ele entrelaça os dedos nos meus, brinca com meu indicador como se fosse um menino. Deixo, mas não faço nada além disso.

— Você quer ver um filme? — ele aponta o rack cheio de DVDs embaixo da TV.

— Está meio tarde pra isso.

— Tem razão.

Acho divertido que ele fique ali, sorrindo, sem avançar. Parece disposto, mas não se mexe. Segura minha mão, faz carinho no meu pulso, sem pressa alguma. Talvez seja sono, eu também estou meio mole. Digo algo sincero pra agitar o clima:

— Jurei pra mim mesma que nunca mais ficaria com um cara feio.

— Xiii... dancei.

Rimos.

— Você tem razão — ele diz. — Merece um cara mais bonito que eu.

Ficamos mais um tempo de mãos dadas, até terminar o suco de pêssego.

Ele apaga a luz da sala e passamos ao sofá. Pergunta meu tipo de música e respondo "qualquer coisa". Olho os três globos terrestres iluminados pela luz colorida da televisão.

Noel coloca *Nos tempos da brilhantina* no aparelho de DVD. A animação da abertura me deixa imediatamente feliz. Durante um tempo prestamos atenção ao filme, até que Noel se abaixa um pouco, puxa minha perna e desamarra o cadarço da minha sapatilha-tênis. Que movimento curioso, penso. Ele tira minhas meias, toca meus pés descalços.

Não saí de casa preparada para transar. Faz três semanas que aparei meus pentelhos, está aceitável apenas para um coito matrimonial, sem maior proximidade. Puxo Noel para o sofá e sento sobre as coxas dele. Ainda vestidos, como dois adolescentes virgens, passo a mão por cima de sua calça. Seu corpo reage bem, me sinto vitoriosa. Monto sobre ele e desfruto o que eu mesma conquistei.

— Teus peitos são lindos — ele comenta.

11

SEXTA-FEIRA, 14 DE MAIO

No sonho estou na escola de teatro, é dia de pagamento. Vou na administração entregar meu relatório de ponto e a secretária diz que recebi um aumento. Acho estranho. Digo que não, tenho poucas aulas, deve ser um engano. Mas a secretária mostra um bilhete manuscrito pelo meu chefe, elogiando minha excelente didática, dizendo que os alunos me adoram e por isso a escola vai me pagar o salário integral, mesmo que eu trabalhe só dois dias por semana. Uma sensação de paz me invade inteira, como só é possível nos sonhos. Finalmente alguém reconhece minhas qualidades. Nisso escuto um barulho, parece um cano entupido no banheiro. São muitas alunas, penso, às vezes jogam absorvente no vaso sanitário. O ruído continua. Quase pergunto à secretária se está ouvindo, mas me dou conta que só eu escuto, porque o barulho vem de outra dimensão.

É o ronco de Noel que invade meu sonho. Acordo.

Estou na cama dele. Lençóis limpos e passados. Ele trocou o jogo de cama, quando (imagino) se arrumou ontem para me encontrar? Pela fresta da persiana, vejo uma luz meio roxa no céu. Devem ser umas cinco horas da manhã. Olho Noel, que dorme de lado, com um braço recolhido junto ao peito, a mão debaixo da axila, como se abraçasse a si mesmo. Lembro que à noite algumas vezes ele se esticou até meu corpo, como se quisesse garantir que eu estava ali. Meu sono é leve, acordo com qualquer movimento.

Quero voltar a dormir, o ronco do Noel me acorda quando tento adormecer. Fico na cama mais um pouco. Depois me canso da posição e levanto.

Na sala, abro a janela para ventilar. Vou até a cozinha, pego o suco de pêssego na geladeira. Na sala outra vez, bebo o suco e fico à janela olhando o céu, que agora está claro. Uma manhã de sexta-feira, por enquanto silenciosa. Estou cansada, ainda bem que hoje não preciso trabalhar.

Noel vem do quarto, pelado e sonolento:

— Já acordou?

— Dorme mais um pouco — digo. — Ainda é cedo.

— Você não vai embora, né?

— Não, eu te espero.

Ele faz um joia com a mão, meio lento, e volta para dentro.

Meia hora depois, o despertador no quarto toca. Noel levanta e começa a se arrumar. Para ele é dia de trabalho. Para mim não.

Caminhamos juntos até o metrô. Desço na estação Brigadeiro, a mais próxima do meu apartamento. Noel segue até a Consolação, onde fica a agência da Caixa Econômica em que trabalha. Chego em casa às nove.

Entro na quitinete morrendo de sono. Fecho as cortinas e deito na cama.

Acordo faminta às duas da tarde.

Olho o que tem na geladeira e decido fazer um ovo frito. Ligo meu fogareiro elétrico, na verdade, uma chapa elétrica (como chamar de fogareiro um aparelho sem chamas?). Também uso o ebulidor — uma espiral metálica que minha mãe chamava de "mergulhão" — para ferver água e fazer café. São minhas duas opções para cozinhar: a chapa e o mergulhão.

Enquanto passo o café, lembro como ontem foi diferente do que eu imaginava. Na outra semana, no boteco, Noel fumou meio maço de cigarros. Ontem não. Ele disse que não fuma há uma semana. Imagino se foi para me agradar, ou se tem seus motivos sem qualquer relação comigo.

Talvez por isso ele tenha bebido tanta Coca-Cola.

Coca-Cola engorda, mas é melhor que cigarro. A noite foi melhor do que eu esperava.

A bolacha salgada acabou. Minha geladeira está quase vazia. Penso no que poderia acompanhar o ovo frito e finalmente lembro do meio pão de queijo que guardei na mochila, no intervalo da aula de ontem. Depois de comer e escovar os dentes, calço o tênis para ir ao sacolão.

Na frente do meu prédio há cinco sobrados antigos. Num deles funciona uma lojinha de doces e salgadinhos; no outro um bar familiar que tem sempre os mesmos três clientes; na esquina um terreiro de candomblé, com o jipe verde militar do pai de santo estacionado na frente. No único sobrado residencial mora uma velha magra, sempre fumando na soleira, em shorts justos de ginástica. Ela acompanha com olhar debochado as pessoas que passam; usa chinelos, camisetas velhas, os cabelos mal pintados com longas raízes brancas. Ao seu pé fica um cachorro emburrado, que levanta o pescoço e às vezes rosna, mas não late. A mulher é provavelmente casada com um senhor que varre a calçada cedo e desaparece o resto do dia.

Quando saio do prédio, às três da tarde, a velha do sobrado não está lá. Eu a vejo na esquina da Treze de Maio, comprando cigarros, tomando café e conversando com a dona do mercadinho. O cachorro está amarrado num cano, ao lado de uma cesta com tomates e cebolas para vender.

Lembro que é maio. Por um instante acho que estamos no dia 13, mas logo percebo que não, foi ontem. Fico em dúvida se continuo até o sacolão ou compro umas bolachas e tomates ali mesmo. Entro no mercadinho. A dona é uma velhota atarracada, sempre de saia e meias de compressão (o espaço era provavelmente a sala, na versão original da casa). Cumprimento minha vizinha, que segura uma sacola plástica com algumas latas de cerveja.

Enquanto escolho uma penca de bananas, ao lado do cachorro amarrado, um mendigo chega devagar. Um velho mendigo enrolado num cobertor sujo. Estende a mão para a dona do mercadinho e pede alguma coisa, numa voz enrolada e incompreensível de gente já muito prejudicada. O cachorro rosna fraco e começa a latir. Minha vizinha diz ríspida para ficar quieto, mas ele não mostra intenção de parar. O mendigo continua com a mão estendida. A dona do mercadinho, acostumada, não reage. Sem outra opção de diálogo, a vizinha lhe dá uma lata de cerveja, fazendo um gesto irritado para que ele vá embora.

O mendigo finalmente sai, segurando a lata fechada, como se mal soubesse o que era. Penso preocupada que a cerveja vai esquentar se ele a segurar muito tempo na mão.

Assim se passam as horas diurnas da minha sexta-feira.

Sete e meia da noite. Um carro branco e enorme encosta na frente da minha portaria. A janela com Insulfilm se abre e vejo Roberta. Sento no banco do passageiro e ela me abraça com carinho. O conforto do assento me deixa envergonhada como se recebesse um sorriso sincero da loirinha bonita da escola depois de falar mal dela pelas costas.

Roberta mora na rua das Glicínias, perto da Praça da Árvore, uma casa bonita num quarteirão de casas antigas. Entramos pelo portão automático e me vejo cercada pelos seus esforços de decoração e jardinagem. Ela guarda o carro debaixo de uma pérgula, com teto acrílico coberto por uma trepadeira florida. Eu não sabia o que eram pérgulas até Roberta me explicar.

Na casa, o maridão João Vitor e a filha Martina estão afundados no sofá da sala, com a enorme TV ligada num desenho animado japonês. Martina, aos doze anos, senta ereta e não olha a TV. Em vez disso lê um grande livro ilustrado sobre samurais. Ela usa um penteado com franja bem lisa; lembro do espanto de Roberta quando a filha pediu pra alisar os cabelos, apaixonada pelo Japão. Deve ser um cabeleireiro excelente, os fios estão brilhantes e hidratados. Martina parece uma pequena adulta e João Vitor, um garoto barbado.

Roberta deixa sua bolsa no cabideiro e tento identificar qual animação japonesa estão assistindo. Parece um seriado juvenil de terror. João Vitor assiste com interesse, e quando levanta não parece ter muita vontade de nos cumprimentar. Está de moletom, Roberta pede carinhosa pra ele colocar uma calça "melhorzinha". João Vitor sobe as escadas conformado.

A casa não é muito grande, mas tem um jardim bem cuidado ao fundo, que aparece pela porta de vidro. Vejo limões, tomates, alho e um pedaço de bacon sobre o balcão da cozinha americana. É sempre João Vitor quem cozinha, acho que ele prefere cozinhar a conversar conosco uma noite inteira.

— Quer caipirinha ou pode ser vinho? — Roberta pergunta.

— Tem cerveja?

— Deve ter. Dá uma olhada na geladeira.

Roberta tira de sua cristaleira uma taça de vinho e um copo bojudo para cerveja. No climatizador, ela pega uma garrafa de vinho para si mesma. Sempre me surpreendo com a decoração de sua casa. Na época do cursinho eu não suspeitava do talento dela com imóveis. Ela morava com os pais num sobrado apertado, numa avenida movimentada e poluída. Hoje ela é proprietária desta casa que ela mesma reformou e decorou, enquanto eu (que cresci no edifício Opala do condomínio Vilanova) moro na quitinete velha que meu pai tem desde solteiro.

Sentamos no sofá, ela com o vinho, eu com a cerveja. João Vitor desce do quarto com uma calça (não muito) diferente e chama Martina para ajudar na cozinha. A menina olha desconfiada a garrafa de vinho:

— Não bebe muito, mãe — ela diz, sem ênfase.

No sofá, Roberta conta de seus projetos. Seu sonho é fazer mais "conteúdo" e menos propaganda. João Vitor criou personagens para uma série educativa sobre ciência, ela está fechando acordo para produzir vinte episódios com uma empresa holandesa. Vai sair uma nova lei da Agência Nacional de Cultura para incentivar a exibição de obras brasileiras na TV a cabo. Minha amiga tem altas expectativas sobre isso. João Vitor traz uma tábua com queijos e salames. Enquanto fala, Roberta come vários pedaços de queijo, já notei que anda meio compulsiva há algum tempo.

— Que legal, Roberta — digo finalmente, quando ela termina de explicar.

Aproveito o momento oportuno para dizer que estou procurando um trabalho extra pra fazer nas horas livres.

— Tipo o quê?

— Qualquer coisa – respondo. — Desde que seja uma coisa pequena, tipo fez e acabou. Não quero nada que vá me tirar o sono.

— Nós vamos precisar de roteiristas para o projeto com os holandeses.

— É... nossa, é incrível. Mas eu queria uma coisa menor.

— Você sabe que isso não existe, Mercedes. Trabalho é trabalho.

Me arrependo de ter tocado no assunto.

Neste momento, João Vitor avisa que a comida está pronta. Vamos para a mesa e a resposta fica em suspenso, sem que Roberta tenha tempo de lamentar meu talento desperdiçado e a carreira incrível que joguei fora.

Na mesa, ela reclama para João Vitor:

— Amor, por que você não pegou os guardanapos bordados na gaveta?

— Eu avisei — Martina diz, olhando o pai.

Roberta levanta, recolhe os guardanapos de papel e logo volta com os bordados, que distribui entre nós quatro. João Vitor serve os pratos. Primeiro o meu, depois o de Martina, que espera todos serem servidos antes de comer. Continuo impressionada com a educação da menina. Logo estamos todos mastigando e João Vitor começa a relembrar seu assunto preferido a meu respeito: a única e péssima telenovela que escrevi para TV.

— E aquela sua novela, hein? Inesquecível!

— Você escrevia tão bem — Roberta comenta. — Eu não me conformo.

— *Amor e passeatas*... como era mesmo? — ele ri.

— *Amor e protesto*.

— A Luciana Vitaline era minha musa na adolescência!

Ele adora falar dessa novela.

Amor e protesto foi o último trabalho que fiz antes do divórcio. Uma novela que se passava na ditadura militar nos anos 60. Luciana Vitaline fazia o papel de uma professora que protegia uma atriz perseguida da polícia. As duas se apaixonavam. Foi uma novela barata e cafona da TV América, por isso João

Vitor a adorava. Luciana Vitaline era famosa na adolescência como assistente de palco de um programa infantil, usava shorts curtos, ombreiras e chapéus altos de pelúcia preta. Era o símbolo sexual de muitos amigos da minha geração.

Quando acabamos de comer, ajudo a levar os pratos sujos para a pia. Roberta limpa os restos e coloca tudo na máquina de lavar louças. Martina pega os pratinhos de sobremesa e Roberta tira uma torta de chocolate da geladeira. Ela parece animadíssima com a torta. Amo açúcar, mas peço uma fatia bem fina pra mim.

12

SÁBADO, 15 DE MAIO

Não vou ao cinema hoje. O jantar com Roberta esgotou minha energia para atividades sociais. Além disso, não tem graça ir ao cinema sozinha. A conversa no boteco é parte essencial do programa. Depois de transar duas vezes com Noel, minha amizade com Heitor está provavelmente arruinada.

Fico à janela. Posso ficar muito tempo assim, olhando a paisagem.

Vejo o mosaico de prédios subindo a encosta sobre a Nove de Julho. Abaixo de tudo, sob o asfalto da avenida, ainda corre um riacho. Água brota nos fundos de um grande condomínio, escorre por alguns canos velhos no muro, empoça nas calçadas e desaparece nas calhas de esgoto. É água pura da nascente que formava o antigo córrego Saracura. Sei disso porque meu pai me explicou, ele gosta das obras antigas da cidade. Conta que meu avô, quando menino, andava descalço por aqui. Estavam pavimentando as primeiras ruas, o pequeno Átila roubava paralelepípedos e os empilhava em torno do campo de futebol do bairro.

Meu avô Átila, na infância, morava num quarto de pensão com minha bisavó, que era cozinheira. Morou neste bairro a vida inteira. Meu pai também, até Pablo nascer. Seu Henrique comprou a quitinete economizando o salário de seu primeiro emprego. Voltou para cá quando se divorciou da minha mãe. Viveu alguns anos com um pequeno fogareiro a gás, onde fritava ovos para nós nos fins de semana. Tostava os pães amanhecidos, espetados no garfo.

Aqui passei as férias de verão aos doze anos. Pablo viajou com a família de um vizinho e meus pais, dona Maria Ivete e seu Henrique, estavam trabalhando. Às vezes eu ia para a casa da minha avó na rua de trás, mas ela estava doente e cansava fácil. Eu ficava na quitinete, almoçava bolacha, assistia à TV e jogava videogame sem ninguém por perto. Quando enjoava, ouvia os discos do meu pai, uma coleção de sambas antigos. Talvez parte da minha melancolia venha da voz de Geraldo Filme cantando "Tradição": "O samba não levanta mais poeira, asfalto/hoje cobriu o nosso chão... E não se vê mais a luz da Lua". Isso me comovia.

Talvez eu me comovesse com o Bixiga porque minha família estava se desmontando e eu não podia fazer nada. No condomínio Vilanova, nosso apartamento estava quase insuportável, a vida com dona Maria Ivete era uma mistura explosiva de impaciência e exigências. "Não me venha com história", "Você não tem mais idade pra fazer manha", "Você tem cabeça pra quê?". A pequena quitinete vazia, enquanto meu pai estava no trabalho, era o meu esconderijo. Eu ficava imaginando como seria fugir de casa. Conseguiria, aos doze anos, pegar um ônibus e chegar numa cidade qualquer? Nos meus planos, eu encheria duas meias com algodão, compraria um sutiã grande e usaria como peito falso. Treinando uma voz mais grossa, na minha cabeça, ninguém perceberia que eu tinha doze anos. Poderia arrumar um emprego, alugar um quarto e ficar nessa cidade desconhecida sem que ninguém soubesse de mim. Eu me via trabalhando no caixa de um supermercado. Eu jogava videogame e uma caixa registradora não seria muito mais difícil de usar.

A paisagem da janela, os prédios, os poucos sobrados que resistiram são os mesmos que observava sozinha à tarde, quando saía da escola e não queria voltar para casa.

Isso me faz pensar que minha mãe ainda não confirmou o almoço de domingo. É melhor eu me adiantar e organizar as coisas, antes que ela reclame que somos uns ingratos que esquecem da própria mãe. Até o fim do dia, sem falta, vou mandar um recado.

Quanto ao almoço, vou fazer uma omelete com os tomates que comprei no mercadinho.

***

Sábado, nove da noite. Hoje passei aspirador nas gavetas embaixo da cama. Limpei a geladeira. Subi no banquinho e tirei o pó das prateleiras mais altas. Depois tomei banho e lavei o cabelo. Vou aproveitar a casa limpa esta noite, descansar, comer mais tomates e ver TV.

Na TV Educativa está passando um documentário sobre a Wikipédia. São entrevistas com os criadores do projeto e alguns jovens que colaboram como passatempo. Um adolescente estuda economia medieval para escrever verbetes, uma universitária feminista coleta informações sobre mulheres esquecidas pela história oficial.

Começo a assistir, vou me acalmando com a narração organizada do programa educativo. Desde pequena adoro enciclopédias. No apartamento no Vilanova, meus pais guardavam as coleções da Abril Cultural na estante da sala. *Gênios da Pintura, Mitologia, Povos e Países, Médico do Lar*. Eu era fascinada pelos verbetes de medicina, as fotos das entranhas, as doenças de pele.

Imagino como seria minha vida se me tornasse também uma colaboradora apaixonada da enciclopédia. Há tantas coisas no mundo que merecem mais atenção, poderia me dedicar a elas. Escrever verbetes sobre detalhes perdidos do meu passado. Os sobrados antigos da Bela Vista, onde meus avós moravam. O time de futebol de várzea que meu avô acompanhava. Os objetos que ele gostava de fazer: arapucas, estilingues, gaiolas. Aposto que não há nada sobre arapucas na Wikipédia.

Dou uma olhada pra verificar. Já existe o verbete "arapuca": artefato sul-americano de origem indígena. Tento "estilingue": objeto usado para o disparo de projéteis.

Olho mais alguns termos e os verbetes já estão lá.

13

DOMINGO, 16 DE MAIO

Onze e meia da manhã. Dia de almoço com a família.

Alguns anos atrás eu fazia os almoços no meu antigo apartamento para agradar Ricardo, que não gostava do condomínio da minha mãe ("Difícil de estacionar", dizia). Vinham todos para nosso prédio com duas salas e varanda gourmet. Assávamos filés e linguiças na churrasqueira. Pablo e Ricardo tomavam cerveja e falavam de futebol. Crystal, minha cunhada da Penha com nome de personagem de seriado dublado, ajudava a servir e depois colocava a louça suja na máquina. Nesses almoços ela contou que estava grávida. Vimos sua barriga crescer. Ajudei a trocar as fraldas de Túlio bebê, imaginando que em breve eu também seria mãe.

Agora Crystal tem outro marido. Ricardo, outra namorada. Minha mãe faz os almoços de domingo novamente no apartamento dela.

O condomínio não é longe, mas o caminho até lá é difícil. Muitas subidas e descidas. Muitas avenidas a atravessar. Da minha quitinete, não há ônibus ou metrô que faça o trajeto completo. Preciso subir catorze minutos até a avenida Paulista.

Lá, espero um ônibus, desço no terceiro ponto e caminho ainda um bom tanto. A calçada é irregular por causa dos morros e vales da região.

Por uma estranha coincidência, o caminho para a casa da minha mãe passa pelo meu boteco preferido. O bar já está aberto, uns estudantes comem esfihas em pé ao balcão. Sigo reto, ultrapasso umas mulheres com sacolas, subo um lance de escadas desviando de um cocô humano no canto. Estou atrasada e suada por causa das ladeiras, mas não reclamo. Quase aos quarenta anos, me conformo com a região íngreme em que nasci.

Aperto a campainha de dona Maria Ivete doze minutos depois do meio-dia. No ar, um cheiro de frango assado. Ela abre a porta da cozinha, vejo sobre a mesa o papel desdobrado da rotisseria onde Pablo compra comida. O forno está ligado.

— Já ia torrar esse frango — minha mãe diz, desligando.

Ela veste a luva e pega a comida ainda na embalagem de alumínio da rotisseria. Os almoços aqui não demandam muito esforço: eu e Pablo revezamos para trazer comida pronta. Dona Maria Ivete só tem o trabalho de ligar o forno para manter tudo quente. Lavo as mãos na pia e pergunto se posso ajudar.

— Pega a salada de batata e o guaraná na geladeira — ela diz.

A mesa da sala já está arrumada. Pablo assiste ao canal de esportes, afundado no sofá, enquanto Túlio destrói uma caixa de papelão no tapete em frente à TV. Deixo a travessa e a garrafa PET na mesa. A caixa que Túlio rasga parece ter alguma embalagem plástica dentro, um brinquedo eletrônico talvez.

Aperto meu sobrinho e dou vários beijos em sua bochecha. Ele não gosta, me empurra e tenta se soltar de qualquer jeito.

— Meio dia e quinze, hein? — Pablo comenta olhando seu celular. — Parece que veio só pra comer.

É a famosa frase de dona Maria Ivete: "Não podia chegar antes pra conversar com sua mãe? Veio aqui só pra comer?". Pablo agora se encarrega de dizê-la, quando a mãe esquece.

Vou até o sofá e me esparramo ao lado dele, que me pergunta sem muita dedicação:

— E aí, dona Mercedes? Como vai essa força?

Depois de certa idade, informações superficiais são a melhor convivência familiar que existe. Quando está tudo certo, não preciso saber nada da vida do meu irmão, nem ele da minha. Logo dona Maria Ivete aparece berrando na sala, com um pote de maionese na mão:

— Túlio, que caixa é essa? Larga isso, menino!

Ela deixa o pote na mesa e arranca o papelão da mão dele. Vejo enfim o plástico dentro da caixa: é uma embalagem de relógio feminino.

— Isso não é brinquedo! Quem deixou ele pegar isso aqui?

Pablo não liga:

— Sei lá, mãe.

Dona Maria Ivete joga o papelão rasgado no quarto e fecha a porta à chave. Deixa a chave no alto da estante da sala.

— Não entra aqui, Túlio! Ou você vai apanhar!

Pablo desconfia, preguiçoso:

— O que são essas caixas no meu quarto?

— Não é mais seu quarto. O apartamento é meu, o quarto é meu.

Pablo levanta, pega a chave no alto da estante. Abre a porta do quarto, entra e logo volta com a embalagem e os restos de papelão, examinando-os por todos os lados:

— É coisa do Padre?

Dona Maria Ivete está trazendo o frango assado da cozinha. Deixa o frango na mesa, pega a embalagem e o papelão da mão de Pablo, e joga tudo no quarto novamente.

— Claro que é coisa do Padre. Tudo isso aqui é coisa do Padre e se alguém estragar, vai ter que pagar.

Pablo volta à porta, examinado o que está lá dentro. Eu levanto pra olhar também.

— Mãe — Pablo diz —, já te falei o que acho disso. Se você for presa, não vou te tirar da cadeia.

— Vamos comer? — ela pergunta, irritada, encerrando o assunto.

A comida está na mesa, nada é muito caprichado. Minha mãe não tem paciência para detalhes, se satisfaz com mesa cheia e pratos limpos. Mastigamos. Pablo chama Túlio, mas o filho não vem e ele não insiste, dona Maria Ivete se incomoda:

— Túlio, olha a carninha que você gosta!

O pequeno vem correndo, dá uma mordida na pele de frango torrada que ela estende. Depois volta para o sofá, escala o encosto, joga as almofadas no chão, pula sobre elas.

— Como estão suas aulas, Dedê? — minha mãe me pergunta.

— Tudo bem.

— Não apareceu mais nada? Nenhum outro trabalho?

— Por enquanto, não, mãe.

Olho Pablo, procurando alguma deixa para mudar de assunto, mas dona Maria Ivete é mais rápida que eu:

— Você está procurando alguma coisa?

— Sim. Tô procurando.

— Está procurando direito? Tem que falar com todo mundo. Mete a cara, pega no pé das pessoas!

— Para, mãe. Ao contrário de você, não gosto de trambique.

Ela rebate sem se ofender:

— Diferente de você, ganho meu dinheiro e não reclamo.

Pablo dá uma risadinha com ar superior. Ele tem diploma de direito e emprego público com plano de carreira.

— Por falar nisso — comenta —, você está pagando o aluguel do seu Henrique?

Desde a adolescência nos acostumamos a chamá-los assim: dona Maria Ivete e seu Henrique. É nossa pequena vingança contra os tumultos do passado. Respondo:

— Sim, estou pagando.

— Quanto você está pagando?

— Que te interessa, Pablo?

— Me interessa porque ele reclamou que tá sem grana. Mandei um dinheiro pra ele. Se você paga uma mixaria, então na prática a diferença sai do meu bolso.

— Ele ligou pedindo dinheiro? — minha mãe se intromete.

— Nada demais, mãe. Ele quer uma serra nova para a oficina.

— E pra que essa oficina se não dá dinheiro algum? — seu

Henrique vira o assunto da conversa, o que alivia minha barra.
— A Dedê cuidou anos dessa quitinete e ele nem se dignava a pagar o condomínio! Se ela precisa morar lá agora, é direito dela.

Essa última explosão de dona Maria Ivete nos devolve ao silêncio. Eu e Pablo somos outra vez os sobreviventes do nosso caos familiar; encolhidos na trincheira, fugindo ao tiroteio entre as ambições de Maria Ivete e a melancolia do seu Henrique.

Engulo mais uma garfada de salada de batatas. Dona Maria Ivete levanta, devolve as almofadas ao sofá e traz Túlio para a mesa nos seus braços.

— Vem comer logo. Está todo mundo na mesa.

Túlio se esparrama no colo da avó, começa a morder o braço dela. A comida desperta nele um tédio profundo. É um domingo claro, a temperatura está agradável. Da janela vejo as copas das árvores de uma rua distante. A paisagem do décimo andar, aberta diretamente ao sol da tarde, foi escolha da minha mãe ("Eu preciso de sol o dia inteiro!").

Depois de comer, Pablo leva as coisas pra cozinha, minha mãe e Túlio se jogam na cama dela, ainda desarrumada. Eles se engatam numa guerra de cócegas, dona Maria Ivete dá seus gritinhos: "Ai, Túlio! Para! Para!", enquanto ri, divertidíssima. Eu lavo a louça e cobro que Pablo ao menos jogue as sobras no lixo. Depois sentamos novamente diante da TV. Túlio volta e desaba sobre uma almofada. Em dois minutos está dormindo.

Meus pais compraram o apartamento no condomínio Vilanova quando Pablo tinha dois anos incompletos e eu poucos meses. Os oito prédios têm nomes de pedras preciosas: Ágata, Angelita, Coral, Granada, Lazuli, Ônix, Opala, Rubi. Ainda amamentando, dona Maria Ivete decidiu que precisavam de um apartamento com três quartos, agora que tinham um casal de filhos. Ela voltou a trabalhar, fez centenas de viagens para o Paraguai, trazendo encomendas de todas as vizinhas. Viajava no fim de semana enquanto seu Henrique cuidava de nós. Aos sete ou oito anos, eu achava que todo esforço e economia eram para nós, para nosso apartamento. Os planos dela eram mais elaborados. Quando economizou o suficiente, pediu o divórcio. "Nunca mais quero ouvir o choramingo do seu pai", disse. Numa sexta-feira voltamos da escola e ele não estava mais lá. "Ele é bom pai pra vocês, mas péssimo marido pra mim."

Pablo olha seu celular com internet e teclado digital. Na TV passa um filme meio chato. Tenho vontade de tomar o sorvete que será servido à tarde. Minha mãe não reaparece na sala, e fico preocupada. Levanto e a encontro em seu quarto, vendo videocassetadas no computador.

À noite, quando volto pra casa, levo as sobras de frango, salada e sorvete.

14

SEGUNDA-FEIRA, 17 DE MAIO

Noel ligou ontem à noite, mas eu estava deprimida demais para atender.

O mês de maio está terminando, quase metade do ano e não fiz nada. Não consegui ler um livro sequer. Uma resolução sedentária, um dia de leitura por semana, e nem isso consegui. Foi uma fantasia pretensiosa. Na minha situação, passar as segundas-feiras lendo está longe de ser uma prioridade.

Minha mãe tem razão. Ela deve ter uma câmera escondida em algum lugar desta quitinete. Deve saber dos formulários de emprego que comecei a preencher e desisti, as horas que passo no joguinho do computador. Eu não "procuro direito", ela sabe. Dez da manhã. Preciso superar esse abismo de insegurança que fica me puxando pro fundo. Não posso me dar ao luxo da indecisão, já gastei muito tempo nesse vai não vai. Alguma coisa precisa acontecer. Junho está chegando, as faculdades já têm uma ideia das novas vagas que irão oferecer.

Ligo o computador e digito "processo seletivo", "ensino superior". Há mais propaganda que vagas. Vejo um edital para professor de pós-graduação, mas exigem título de doutorado, que não tenho. Em outra faculdade há vagas para psicologia, direito, economia e teologia. Nada pra mim. Meu diploma não serve para muita coisa; se eu tivesse estudado fisioterapia ou contabilidade ou farmácia ou construção civil, eu poderia trabalhar em cidades pequenas ou grandes, no litoral ou no interior, em qualquer canto do país. Formada em cinema, sou a exceção da exceção. Nem mesmo propaganda eu saberia ensinar.

Dez e catorze da manhã, procuro meu próprio nome na internet. Um olhar externo poderia me salvar da tentação masoquista de desqualificar a mim mesma. Vejo minha foto no site da escola de teatro. Na minibiografia, a faculdade onde estudei, os filmes e os programas de TV em que trabalhei. Um prêmio que recebi num festival.

— Os professores são as estrelas da nossa escola — Felipe Adriano disse, quando me contratou. — A escola vive da criatividade e da experiência de vocês.

Posso um dia ter sido criativa como minha biografia sugere. Odeio currículos, mas nunca precisei tanto deles como agora. As coisas que já fiz estão lá, uma depois da outra, em ordem cronológica. A memória se apaga, mas o currículo não. Vídeos de treinamento, educação corporativa, divulgação institucional. Entro no site da Mondo Mídia e de outras produtoras onde trabalhei. Encontro uma entrevista que publicaram quando eu estava na Samba. Um estagiário me entrevistou, era um rapazinho entusiasmado que adorava escrever.

A última pergunta era: "Você tem prazer em assistir às séries que escreve?". Minha resposta: "Geralmente já estou em outro trabalho, não dá tempo de aproveitar". Não estava mal-humorada naquele dia. Pelo contrário, acho que gostei do rapaz e quis dar uma resposta honesta.

Almoço as sobras de frango e salada de batata.

Onze da noite, ainda sozinha em casa. Acabaram as sobras. Peço uma pizza, que tem desconto às segundas-feiras.

Hoje Noel não ligou.

15

TERÇA-FEIRA, 18 DE MAIO

Chego na escola às cinco da tarde e vejo Raíssa com uma cartola na cabeça subindo as escadas correndo, seguida por meia dúzia de alunos, cada um com um chapéu diferente. Espero todos passarem para ir até a sala dos professores. No corredor do segundo andar, Raíssa e os alunos estão em roda, gritando palavrões e tentando roubar os chapéus uns dos outros. Um exercício criativo. Felipe Adriano, meu coordenador, lê concentrado em sua sala, atrás da mesa cheia de papéis e livros empilhados. Eu quero apenas ligar o computador e responder um quiz numa rede social. Mas estou entre pessoas que trabalham, então pego na mochila o livro equatoriano sobre meio ambiente. Meu chefe acreditou no meu engajamento quanto à causa ecológica. Sento num canto e leio quietinha, esperando que Felipe Adriano passe por ali e veja meu interesse.

Às seis da tarde Raíssa entra na sala, toda suada, trazendo a cartola na mão.

— Linda cena no corredor — comento.

— É uma oficina de iniciação — diz. — Seis aulas, começou hoje.

— Você ganha extra?

— Vai dobrar meu salário neste mês.

Tento saber mais detalhes e Raíssa explica que planeja viajar para a Índia em novembro. Propôs a oficina pra Felipe Adriano e ele topou.

Raíssa e suas motivações perfeitas. Estou há semanas desesperada por um dinheirinho extra e ela já conseguiu. Conto das minhas inseguranças, na esperança de que ela, inspirada pelas águas do Ganges, dê um incentivo para eu ser uma professora melhor, ou uma funcionária mais cara de pau.

— Que papinho brocha, Mercedes. A molecada tem dezessete anos. Qualquer coisa que você ensine é bom pra eles.

Nove da noite. Estou lendo na sala de aula. Hoje apareceu só um aluno, para avisar que a turma não viria por causa de um ensaio. Ainda esperei que aparecesse um perdido, mas não veio ninguém mesmo. A essa hora, mesmo que chegue alguém, já será impraticável dar aula. Fico na classe, já cansada de ler, com vergonha de não fazer nada na sala dos professores, à vista de todos.

Às nove e quarenta desisto de esperar. Pego minha mochila e vou passando devagar pelos corredores, espiando as salas cheias. Se eu encontrar o ensaio dos alunos — se me deixarem assistir —, posso ficar os minutos restantes até o horário de ir embora.

No primeiro andar, uma sala com as portas abertas. Uma jovem de cabeça raspada, que não conheço, recita um monólogo. Meus alunos estão ali espalhados pelo chão, assistindo. Eu me aproximo e ouço o professor dizendo para a aluna/atriz:

— Você está acreditando muito. Não tem essa verdade toda. É só uma formalidade, a personagem sabe disso.

Tento reconhecer alguma fala, mas nada me soa familiar. Não há nenhum cenário, mas pela movimentação parece que a personagem está num bar. A atriz senta numa banqueta e diz:

— Traz outra, companheiro.

Um rapaz aparece e finge servir (uma garrafa?) um copo inexistente. Conta que alguém procurou por ela. A moça responde:

— Eu tô sempre aqui. Eles que sumiram. Eu tô aqui.

Uma cena melancólica sobre bêbados solitários: o texto deve ser de algum aluno. Eles gostam de escrever sobre bêbados, velhos e mendigos.

O diálogo termina e o professor vai até a atriz. É Tiago ou algo assim, já ouvi seu nome, mas nunca fomos apresentados. Ele puxa a moça e a coloca diante da banqueta.

— Olha o que você fez com o pé — ele diz. — Você acha que a personagem apoia o pé desse jeito?

Ele a imita, apoiando a ponta do pé na banqueta. Não entendo bem qual o problema do gesto. Tiago (quase certamente é o nome) — não sei muito sobre ele. Apenas que treina taekwondo e às vezes chega suado na escola, trazendo uma bolsa grande de ginástica. As calças jeans caem bem nele (algo raro entre os professores aqui). Observo o ensaio por uns dez minutos. A cena é interrompida várias vezes, os alunos/atores exageram na interpretação, e não vejo graça no diálogo. Os belos jeans de Tiago não são suficientes para me manter interessada.

Desço até a lanchonete e peço um pão de queijo. Eu gostaria de beber uma Coca-Cola, uma dose artificial de alegria cairia bem neste momento, mas tenho só quinze reais na carteira. O pão de queijo é o item mais barato da casa. Mastigo devagar, esperando dar dez e meia da noite. Meio distraída, olho o mural de cortiça com cartazes das montagens dos alunos que se formam neste semestre. De repente, o fã do Spielberg aparece na minha frente.

— Oi, professora. Desculpe o atraso. Eu estava no ensaio.

— Eu vi. A turma inteira tá lá.

— É que vale nota.

Ele pergunta se li a sinopse dele. Digo que sim, li a sinopse. Preciso cumprir meu dever, apesar do meu relógio interno em contagem regressiva dos minutos que faltam para eu ir embora.

— Vamos voltar para a classe e conversar sobre o trabalho — completo.

— Pode ser aqui mesmo?

— Claro, sente.

Dobro o saquinho com a metade do pão de queijo que sobrou e guardo na mochila (o restinho de hoje será precioso amanhã). Pego a folha com a sinopse que ele escreveu.

— *São Paulo Vazia* — digo. — O título é bom.

— É inspirado no curta *Recife Frio*.

— É, eu li.

— A senhora viu esse curta?

Os alunos me chamam de senhora. É difícil me acostumar. Respondo que não vi o curta, já é tarde para competir com o repertório deste jovem cinéfilo.

— Fiquei curiosa. Como é o filme?

Ele se entusiasma e narra o filme em pormenores, os efeitos especiais, as elipses da montagem, sabe até os diálogos de memória. Também me conta sobre o festival de documentários que frequentou ano passado, as sessões de debate, a premiação. Noto pela primeira vez que tem bochechas redondas, por trás dos óculos e do cavanhaque ralo. É mesmo muito jovem. "Uma molecada de dezessete anos", diz Raíssa. Como pude ter medo de alguém que não chegou aos vinte?

À noite volto para casa com o 875H - Vila Mariana. Desço na Paulista e sigo quinze minutos a pé até meu prédio. Os primeiros quarteirões são limpos; há uma academia, um centro espírita e uma creche. Conforme desço a ladeira, começo a desviar da sujeira e sacos de lixo rasgados pela calçada.

No último quarteirão, antes do meu prédio, ouço umas jovens bêbadas cantando alto:

— *Heathcliff, it's me, I'm Cathy...*

Não vejo ninguém, só ouço as vozes de uma janela.

— *Bad dreams in the night. They told me I was going to lose the fight...*

Eu adorava essa música quando tinha vinte e dois anos. As paixões fantasmagóricas me comoviam.

Chego finalmente no meu andar. Um casalzinho namora ao lado da minha porta, os dois sentados na escada. Enquanto preparo ovos mexidos para jantar, ouço a voz deles conversando baixo sobre todos os assuntos do mundo.

Antes de dormir procuro cabelos brancos em frente ao

espelho. Por enquanto, se arrancar alguns fios por semana, não preciso pintar. Às vezes encontro um fio branco com raiz escura, e por um momento sinto um alívio reconfortante, imaginando que existe alguma força mágica me protegendo.

16

QUARTA-FEIRA, 19 DE MAIO

Deixo o despertador tocar duas vezes. Vejo a hora no celular e lembro de Noel. É a primeira lembrança que tenho dele num horário tão matinal. Eu deveria ter atendido sua ligação no domingo, seria o mínimo da educação.

Para o café da manhã, tenho duas opções: meio pão de queijo que sobrou da aula ontem, ou o último pedaço da pizza que pedi na segunda-feira. Estou com pouca fome, então meio pão de queijo é suficiente. Acabou o leite. Faço café só com açúcar. Fico um bom tempo bebendo o café em pequenos goles, assistindo ao noticiário na TV. O apresentador do telejornal é muito jovem, tem um rostinho rechonchudo. Mas dá pra ver, pelo corte do terno, que seus ombros são fortes. A camisa azul-clara é sem graça. Noel também usa camisas assim. Heitor usa camisas jeans abertas, tem os braços peludos, pelos pretos até nos dedos. Os pelos de Noel são mais curtos, não cobrem todo o braço.

Ano passado tomei uma decisão quanto aos homens que me deixou aliviada. Foi um momento de paz e lucidez. Consegui entender minha relação com Ricardo, os equívocos do nosso casamento, os motivos enganosos que me levaram a caminhos errados. Agora não lembro direito qual foi essa iluminação, só o resumo: o amor tem que valer por si mesmo, não funciona compensar com outros assuntos. Um mantra enigmático que repito a mim mesma.

Às nove horas acaba o telejornal, ligo o computador.

Na caixa de entrada há um e-mail de certa Marina Magalhães, que não conheço. É sobre uma série de animação para crianças, *Cotia e Pantera*, criada pelo ilustrador Tito Duarte. Vai começar a produção e eles precisam de roteiristas. No e-mail, Marina diz que foi Roberta quem me indicou.

Roberta me indicou para um trabalho. Fico surpresa, na minha mesa dobrável, depois do café doce e tantas reflexões. Uma série, cinco meses de trabalho, salário possivelmente três vezes maior do que recebo agora. Pra escrever roteiros de TV, o que prometi não fazer mais. Dividida entre a ganância e a integridade moral, mando meu número de telefone à Marina.

Em poucos minutos ela liga. Sua voz é baixa mas certeira, quase rude, mesmo quando faz elogios. Ela explica que Tito criou o projeto há quatro anos, é uma ideia linda que mistura natureza e ilustração artesanal. Finalmente conseguiram uma parceria com uma TV japonesa, Marina Magalhães está montando a equipe e pergunta se tenho interesse. *Cotia e Pantera* será produzido pela Samba, uma empresa de filmes publicitários que agora faz seriados para a TV.

— Já trabalhei na Samba — digo.
— É mesmo? Que legal. Coincidência.

Por telefone, ela me conta um pouco da sinopse. É exatamente o que o nome sugere: uma cotia e uma pantera, numa floresta brasileira, com outros animais silvestres seus amigos. Eles se juntam para lutar contra os vilões de uma serralheria que quer derrubar as árvores.

Divago imaginando um desenho à moda antiga, com personagens amalucados explodindo dinamites e traçando planos mirabolantes. Os madeireiros com serras elétricas tentando tosquiar a cotia e assá-la num rolete sobre a fogueira. A pantera explodindo a cabana deles com uma bomba-relógio. Os madeireiros cobertos de fuligem depois da explosão.

Mas dificilmente será assim. Tito Duarte não tem esse tipo de humor. Pergunto à Marina se a série é educativa e ela confirma que sim, é educativa.

— Um projeto lindo — ela repete, quase como se fosse uma sentença judicial.

Adapto minha imaginação para o que provavelmente será: animais em harmonia cooperando uns com os outros cheios de boas intenções.

Conheço Tito Duarte. Ele foi meu colega quando estávamos os dois começando. Tito era tão bem-intencionado que me cansava. Vivia imerso num ideal de pureza infantil que eu achava irreal e sonolento. Ele acreditava mesmo naquilo. Mas não me convencia, crianças não são assim. Tito também se orgulhava de seus trabalhos autorais, de traço manual, enquanto tudo me parecia meio cópia de algo que eu já tinha visto antes.

(Apesar das minhas ressalvas, Tito é um sucesso. Recentemente lançou uma coleção de videoclipes em parceria com um compositor: *Palavras falantes*. Virou uma febre da cultura alternativa para crianças. Até no supermercado já vi estandes com DVDs, cadernos, mochilas e bonecos das letrinhas sorridentes e cantoras.)

Dividida, digo a Marina que sim, me interessa muito. Marcamos uma entrevista. A Samba fica longe, do outro lado da cidade. Sei o endereço, mas anoto mesmo assim, digo umas palavras e encerramos a conversa profissionalmente. Tive tantas conversas iguais quando trabalhava como freelancer. Meu aparelho fonador responde por conta própria.

Um convite como este — *Cotia e Pantera* — era meu sonho quando eu tinha vinte e cinco anos. Quando juntava dinheiro como freelancer para minha futura licença-maternidade, quando acreditava que Ricardo e eu ficaríamos juntos para toda vida, teríamos dois filhos, talvez três se pintasse coragem, ele seria um pai amoroso e eu uma mãe feliz.

A entrevista está marcada para sexta-feira.

Melhor não pensar mais. Na sexta-feira verei o que acontece. Preciso limpar o banheiro e lavar roupa. E comprar leite.

17

QUINTA-FEIRA, 20 DE MAIO

É um sonho comprido. Estou na escola de teatro, um enorme prédio de escritórios, muito maior do que é na realidade. Sigo por um longo corredor, entro num depósito com câmeras e tripés desmontados. Um cara de bigode grisalho é chefe de gravações. Ele me explica que a escola produzirá vídeos institucionais para outras empresas, e querem que eu escreva os roteiros, sou a única capacitada para isso. Pergunto como pagarão esse trabalho: salário fixo ou cachê por hora, como as aulas? Ele confirma o cachê por hora trabalhada. Faço as contas e penso que será um ótimo pagamento, são muitas horas por dia. Me sinto um pouco trapaceira por não alertar sobre a desvantagem nesse cálculo.

Volto para o corredor e procuro a saída, satisfeita com a nova oportunidade. Encontro Noel, que também trabalha ali. Finalmente percebo por que o prédio é tão grande. "A escola foi transferida para a avenida Paulista. Mais perto de casa", penso.

Noel me abraça como um velho amigo. Não é um gesto romântico, somos parceiros que se reencontram com alegria. Com o braço dele em torno dos meus ombros, seguimos caminhando para a portaria. Ele mexe nos meus cachinhos, fazendo um cafuné discreto. Penso: "É verdade, temos esse tipo de intimidade, ele pode demonstrar carinho de modo natural".

Me sinto bem. Estou no melhor lugar do mundo, onde queria estar há muito tempo: apoiada em seu ombro, protegida por seu braço. Me ocorre uma dúvida: o carinho em público vai pegar mal?

Acordo, volto a dormir, mas o sonho se embaralha. Não lembro como se resolve.

Ouço o despertador, já alerta pelo efeito do sonho. Faz cinco dias que vi Noel pela última vez. Ainda assim, ele invade meu imaginário.

Será que quero mesmo continuar esse jogo? Ping-pong era um jogo pra matar tempo na adolescência, na sala de jogos do condomínio. Eu jogava mais ou menos, mas preferia perder de um bom jogador a ganhar de qualquer um. Às vezes só havia crianças menores na sala de jogos, e as partidas ficavam tão chatas que eu preferia voltar para o apartamento e ver a *Sessão da Tarde* na TV. Roberta me ensinou, quando ainda estávamos no cursinho, que cortejar é ping-pong.

Na última quinta-feira, no sofá de Noel, foi legal ver *Nos tempos da brilhantina*. Ponto pra ele, que acertou o filme. A camisinha não era boa, látex muito grosso. Bola fora. O orgasmo foi mais para difuso que ululante. Raspando, mas foi ponto.

Faço café com leite. Hesito entre uma ou duas colheres de açúcar, por fim coloco duas.

Às dez e cinco, pego o celular e escolho algumas palavras: "Oi, Noel. Tudo bem?". Apago e reescrevo: "Oi, Noel. Como vão as coisas?". Passam uns minutos e ele responde.

"Oi, sumida. Ia te escrever hoje."

"Fiquei doente esses dias", invento.

"Melhorou?"

"Já."

Ele pede pra ligar, e logo ouço sua voz macia ao telefone:

— Estou na copa da agência — diz. — Hora do café.

— Tem máquina?

— Garrafa térmica.

— Ah.

Ouço alguns elogios à minha voz, como ele está feliz de falar comigo e não é todo dia que se encontra uma mulher como eu. Depois perguntas: o que estou fazendo? O que estou vestindo? "Moletom velho transformado em pijama", digo, e ele responde "Sexy!".

— Lembrou de mim nesses dias?

— Um pouco.

— Só um pouco?

— Minha memória não é grande coisa.

Ele ri:

— Vamos nos ver hoje?

Recebo o convite como um elogio: a bola está comigo e posso fazer um charme. Se vamos avançar nesse jogo, prefiro pular a etapa das noites maldormidas em dia útil. Sexta-feira é muito melhor, tem o sábado depois.

Digo:

— Vamos amanhã. É mais tranquilo.

A resposta dele não é a que eu esperava.

— Amanhã não posso. Vou passar o fim de semana em Marília. Coisa de família.

— Você tem família em Marília?

— É. Tenho um sobrinho — ele diz.

Estou frustrada e não me animo a levantar a raquete. Então ele tenta remediar:

— Tenho mesmo que viajar. Mas gostaria de te ver de novo. Se você quiser.

Uma opção de reagendamento é meu prêmio de consolação. Minha voz provavelmente soa desanimada quando respondo:

— Vamos sim. Me liga quando você voltar.

— Na segunda te ligo.

— Tá bom. Sem pressa. Boa viagem.

Desligo.

18

SEXTA-FEIRA, 21 DE MAIO

Nove da manhã, recebo mensagem da Roberta pelo celular.

"Bom dia, amiga! A Marina te ligou?"

Que mancada. Pedi um favor e ela me ajudou, eu devia ter agradecido. Era a mínima cortesia. Respondo imediatamente pra disfarçar:

"Rozinha, ia te escrever agora!"

Telefono, e Roberta atende empolgada. Quer saber tudo, se me chamaram para a vaga, se vou conversar com eles, quando o trabalho começa.

— Esse projeto tem a sua cara — ela diz. — É lindo. O Tito é genial.

— É sim. Ele é um amor.

Não posso dizer a Roberta o que realmente acho de Tito. Ela e metade da cidade o adoram. Tito desenha letras fofinhas para ensinar crianças a ler. Defende os animais em extinção. Luta pela sobrevivência das florestas. Se todas essas boas intenções me cansam, o problema sou eu. Reciclo algumas palavras para simular o entusiasmo que deveria sentir:

— Tito é incrível. Um doce. Tem o melhor coração do mundo.

Desligo e me desmonto teatralmente sobre a cadeira, esmagada pelo esforço de cordialidade. Eu só queria um pouquinho mais de dinheiro. Só um trabalho simples e inofensivo. Uma tarefa curta, um bico, um quebra-galho. Não uma série que vai exigir dedicação de segunda a segunda, das oito da manhã à meia-noite, que vai invadir meus pensamentos no sono, no banho, no vaso sanitário. Que vai me estressar e me induzir a gastar meu pagamento em restaurantes e bebida ou qualquer outra satisfação rápida.

Conheço esse círculo vicioso. Quando ganhava bem eu vivia agitada. Falava muito com todo mundo, me sentia talentosíssima e indispensável. Mas o trabalho terminava e eu me achava uma fraude. Tinha certeza de que nunca me contratariam novamente, ficava semanas tentando recuperar a calma e a humildade. Então aparecia outro convite. E o ritmo louco me dominava como a dependência química por Fanta Uva Light.

Deve ser possível — de alguma maneira misteriosa — viver em harmonia com os ritmos naturais do corpo. Trabalhar em turnos confortáveis, sem gastar as horas livres cultivando relações estratégicas. Mas esse mistério ainda não resolvi. Até agora, a modéstia para mim foi uma ladeira. Não tem planície no meio.

Antes de almoçar, vou ao sacolão sem minha sacola reutilizável porque preciso de sacolinhas plásticas para a lixeira.

Às duas da tarde está marcada minha entrevista na produtora Samba. Admito que tenho lá no fundo a desnutrida esperança de encontrar um trabalho de roteiro original e inteligente, sem os prazos apertados, as dezenas de revisões, as sugestões caretas dos executivos que quase sempre eliminam minhas ideias preferidas.

Saio com antecedência, andar de ônibus é demorado. Subo as escadas da plataforma sobre a avenida Nove de Julho e espero no ponto mais desagradável do bairro. Veículos sujos de fuligem passam rápido, mal consigo ler os letreiros. Devo pegar a linha 106A-10 - Santana-Itaim Bibi. Os ônibus freiam e partem, fico atenta às placas, pensando nestes nomes, Santana e Itaim. Uma santa e uma palavra tupi. Como tantos lugares neste Estado: santos ou nativos, de quem praticamente sobraram só os nomes. Não sinto saudades do Itaim nem de seu clima fui-um-burguês-chiquezinho nos anos 80. Ainda menos saudades da Samba, na fronteira do bairro vizinho, a dinâmica Vila Olímpia com seus sofisticados edifícios corporativos. Meu ônibus chega, a porta pneumática abre e eu entro.

Chego no endereço e mostro meu documento para a recepcionista, que faz o cadastro e tira uma foto com a camerazinha de seu computador. A recepção fica no primeiro andar, há puffs e jovens com camiseta de super-heróis e tênis coloridos. Um rapaz que não deve ter vinte anos se aproxima:

— Mercedes? Sou Vinícius, assistente da Marina. Vamos?

Se minha aparência já entrega a diferença de geração, meu nome antiquado encerra minhas chances de combinar com o ambiente. Sigo Vinícius por um salão cheio de xícaras de café e miniaturas de super-heróis ao lado dos teclados. Reconheço esse tipo de ambiente, trabalhei em alguns lugares assim: só não lembrava que fossem todos tão jovens. Vinícius veste uma camiseta estampada com a foto de uma mulher, de casaco branco e cabelos altos de laquê, numa rua vazia. Conheço a foto, mas não consigo lembrar de onde.

Entramos numa pequena sala de reunião. Uma moça que mal chegou aos trinta anos está sentada à mesa, em frente a muitos papéis. É magrinha e tem o olhar cansado.

— Esta é a Bianca, nossa roteirista — Vinícius diz. — A Marina já está vindo.

Ele puxa conversa:

— Vi que você escreveu os primeiros filmes do Tito. Até *Centaurus*, não foi?

— Foi.

— Nossa, eu adoro *Centaurus* — Bianca diz.

Esse foi o segundo curta-metragem de Tito. As estrelas do universo se transformavam num cavalo galopante que se diluía em folhas levadas pelo vento. Um menino pobre tirava água do poço, um burro puxava o arado na terra árida. Escrevi o roteiro seguindo as ideias de Tito. Não gosto do modo apelativo como alguns filmes mostram a pobreza do país. Achei que Tito caía no mesmo erro e discutimos muito, mas ele tinha certeza do que queria dizer. E afinal, apesar da minha opinião, o curta emocionou os jurados dos festivais. Ganhou vários prêmios internacionais e impulsionou a carreira do Tito.

Marina Magalhães entra na sala. Eu já nem esperava alguém da minha idade. Conheço Bruno Vicente, o dono da Samba, que enriqueceu com filmes publicitários e nos anos 2000 resolveu se dedicar a produções "de conteúdo". Na época era um cinquentão bronzeado que passeava pelo escritório dando abraços na sua equipe de "criativos". Dez anos se passaram e Bruno Vicente continua contratando criativos na mesma faixa etária.

Todos nos sentamos à mesa e Marina inicia oficialmente a reunião. Ela apresenta novamente Bianca — Bianca Yasmin —, que fará a coordenação de roteiro da série. Já Vinícius é "nosso superpoderoso estagiário", nas palavras dela. Marina diz que está muito feliz de me conhecer. Tito me recomendou vivamente. Ela está conversando com vários roteiristas e me agradece pela disponibilidade.

Durante todo esse tempo Bianca fica quieta, meio assustada. Marina é organizada e firme como muitas produtoras que conheci. Olho novamente a camiseta de Vinícius. A mulher parada na rua vazia e úmida. Ele não parece engajado na reunião, seu olhar passeia casualmente pela sala.

— Me fale um pouco de você — Marina diz sorrindo.

— Já fiz quase tudo de roteiro — respondo —, menos pornô. Essa é uma lacuna no meu currículo.

Ela fica em dúvida se é uma piada. Deixo que tire suas próprias conclusões.

— Quais os últimos trabalhos que você fez?

— Terminei meu mestrado ano passado. Resolvi passar um ano estudando. Foi muito bom.

— Um ano inteiro sem trabalhar? Que inveja.

Ela sorri, mas vejo que há um julgamento nas entrelinhas. Completo:

— Quanto menos comes e bebes, mais cresce o teu capital.

Marina me olha sem entender.

— É uma frase do Marx — explico.

Pergunto os detalhes da proposta: prazos, pagamento, tamanho da equipe, créditos. Embora eu tenha prometido e reprometido que não escreveria mais roteiros, essa decisão teria flexibilidade se aparecesse um convite realmente bom. Marina explica as minúcias e entendo o cansaço de Bianca Yasmin. Serão apenas dois roteiristas, que em cinco meses devem criar todas as histórias, escrever e revisar todos os roteiros, até serem aprovados pela produtora e por dois canais estrangeiros. O que significa quatro ou cinco revisões para cada episódio. O salário que oferecem é o triplo do que recebo como professora na escola de teatro. Mas o trabalho é cinco vezes maior.

— E como ficam os créditos do projeto? — pergunto.

Marina responde:

— Os roteiristas vão ter o crédito dos roteiros.

— E o crédito da série? Afinal os personagens e as sinopses vão ser reescritas.

— O crédito da série é do Tito.

Observo Bianca Yasmin enquanto ouço as explicações de Marina. Imagino se ela fez aquelas perguntas, ou aceitou o trabalho feliz para depois descobrir os inconvenientes. Aos vinte e oito anos assinei acordos que achei injustos, sem questionar nada. Como Roberta diz, é uma carreira criativa que muita gente sonha ter. Dezenas de jovens recém-formados aceitariam qualquer contrato pela chance de trabalhar numa série internacional.

A reunião já dura uns vinte minutos quando digo:

— Maravilha. Eu gosto muito do Tito. O projeto é incrível. Vou pensar.

Elogiar é um modo tático para escapar sem ofender ninguém. Apesar de ter sido "pessoalmente indicada pelo Tito", duvido que Marina queira me contratar. Bianca Yasmin não parece minha chefe. Poderia ser minha aluna. Todos nos levantamos, e finalmente identifico a imagem na camiseta de Vinícius: é a capa de um compacto da banda The Smiths, *Heaven Knows I'm Miserable Now*. Música ótima, ainda que já fosse meio antiga mesmo quando eu era adolescente. No mínimo, meia década anterior a qualquer ano provável de nascimento do Vinícius.

Ele me acompanha novamente até a recepção. No caminho digo em inglês, correndo o risco de parecer uma tia querendo se enturmar:

— The Smiths... *I was looking for a job then I found a job*.

Ele sorri. É uma ironia e acho que ele entendeu. O refrão tem dois versos, uma associação inseparável de causa e consequência que resume o sentimento básico do trabalhador: "*I was looking for a job, and then I found a job/And heaven knows I'm miserable now*". Eu precisava de um emprego e achei um emprego. Que desgraça.

19

SÁBADO, 22 DE MAIO

Não estou nada orgulhosa de mim. Arrependida de tudo que disse na entrevista. Não gosto da empresa, é verdade. Também não simpatizei muito com a Marina. Ainda assim, deveria ter mostrado uma versão melhor de mim mesma.

Depois do café da manhã, desisto de tirar o pijama. Volto para a cama e me cubro. Olho o único vaso de samambaia que tenho na prateleira perto da janela. As folhas estão secas. Nem mesmo cuidar de plantas eu sei.

Não vou sair da cama enquanto não tiver uma motivação digna. Vou ficar quieta aqui e deixar que me esqueçam.

Sinto vontade de fazer xixi. Levanto.

Sento (ainda de moletom-pijama) na minha cadeira giratória, diante da minha mesa dobrável. Só eu, sozinha e anônima. Eu e a internet.

Preciso de algum prazer novo. É isso: um alegre, colorido e agradável joguinho de computador. Leio algumas resenhas e descubro um interessante: *City of fools*. É um jogo de aventura tipo "apontar e clicar", simpatizo com jogos de mecânica antiquada. É só seguir as pistas com o mouse.

Instalo o jogo. Enquanto isso, imagino a tradução dos "fools" do título. *Cidade dos ingênuos*? *Cidade dos idiotas*? O vídeo de abertura mostra personagens esquisitos. Olhares esbugalhados, mortalmente aborrecidos, vesgos, esnobes, desvairados. Começo o jogo num vagão de trem. A história segue como uma apresentação de slides: as poltronas, a janela, um ruído de trem. Um leve tremor para sugerir movimento. O trem para. Clico e a porta se abre. Desço na estação e vou clicando os personagens espalhados por lá. O jogo é simples, mas não tem indicações muito claras do que fazer. Encontro um mapa. Preciso visitar as casas da cidade para descobrir o que fazer. Vou jogando, seguindo as flechas, dobrando esquinas, explorando as casas estranhas. Os caminhos são confusos. Depois de um tempo, descubro que a cidade está à beira da falência porque o prefeito roubou o caixa da prefeitura e fugiu para uma ilha.

Por duas horas esqueço de tudo. De repente sinto uma fome aguda. A gaveta da geladeira está cheia de frutas, verduras, legumes e raízes, foi bom ter ido ao sacolão ontem. Como uma mexerica. À noite vou cozinhar mandioca.

20

SÁBADO, DUAS DA TARDE

No café da manhã, comi um pedaço de mandioca na chapa. Agora para o almoço vou fazer uma omelete com queijo coalho e mais mandioca. Queijo coalho é caro, mas não consegui resistir ontem no sacolão. Foi um luxo possível porque não gastei muito com os vegetais da época. Ovo também é barato.

Estou sentada à minha pequena mesa, a xícara de café com leite quase no fim, o pratinho engordurado ao lado. As semanas passaram e nada mudou: não consegui outro trabalho, passei muitas noites sozinha. Eu poderia estar mal-humorada, mas me rendo às evidências cósmicas. O universo me força à coerência: é mais fácil manter minha resolução de simplicidade se não aparecem outras opções. Vou assistir a algum filme gratuito no centro cultural. Passatempo e exercício a custo zero. Ligo o computador para pesquisar os filmes em cartaz.

No Paraíso há uma mostra de terror. São filmes americanos de cinco ou dez anos atrás, quase todos já exibidos na TV. Às seis passará *Extermínio*: um vírus ataca a população de Londres, transformando as pessoas em zumbis ferozes. O ator principal é um branquelo magrinho. Não me entusiasmo.

Procuro outros centros culturais com sessões gratuitas. No Patriarca há uma mostra de filmes brasileiros raros. Vejo um ótimo título às cinco: *Caveira Meu Chapa*.

A palavra "caveira" tem toda minha simpatia. "Eram duas caveiras que se amavam", minha mãe cantarolava, em seus momentos de bom humor. Nunca ouvi falar do filme, mas vejo na internet que é uma produção baiana dos anos 70. Uma obra "radical e libertária", com "momentos de poesia, contemplação e reflexão". Já tive experiências entediantes com obras radicais e libertárias. Tudo bem, aceito o risco.

Às três e meia da tarde abro as portas do guarda-roupa. Quero caprichar. Como diz minha mãe, "Não tem tristeza que não se espante com uma blusa colorida e um batom". Hoje estarei sozinha e posso brincar de moça sonhadora que passeia por aí. Saio de casa, eu e minha bolsa colorida, com uma garrafinha de água, uma sombrinha e um porta-níqueis.

Caminho pela rua Santo Antônio, margeando o barranco do vale do Saracura. Hoje, claro, não há barranco, só ruas íngremes. Mas gosto de imaginar que esse caminho foi uma trilha de chão, quando o córrego ainda corria aberto. Na Wikipédia há fotos do vale durante as obras de canalização do rio. É difícil acreditar que aquela colina arborizada, sobre a várzea ampla e vazia, tenha existido um dia.

Depois de uns minutos, passo debaixo do viaduto Leste-Oeste, onde vive uma dezena de desabrigados. Não é perigoso, mas também não é bonito. Sigo andando, a rua acaba, pego a longa passarela sobre a praça da Bandeira. O clima está fresco.

Chegando ao prédio centenário do centro cultural, lembro as tardes na época da faculdade, nossa turma assistindo a todas as mostras cinematográficas da cidade. Não há chance de encontrá-los agora, estão sobrecarregados com trabalho e filhos pequenos.

A bilheteria está meio vazia. De costas pra mim, no fim da pequena fila, vejo um homem magro de jeans desbotado e sapatênis. Reconheço a nuca. Conheço esse corpo.

Me aproximo e cumprimento desarmada:

— Oi, Heitor.

Já nos encontramos muitas vezes em situação parecida, esperando por nossos ingressos no centro cultural do Paraíso. Durante meses imaginei que havia entre nós uma sintonia de ideais. Uma luxúria latente. Por semanas esperei encontrá-lo antes das sessões, nas filas de cinéfilos, ansiosa pela possibilidade de me sentar ao lado dele na sala escura. Imaginando o que falaríamos depois tomando cerveja. Que palavras mágicas o trariam finalmente nu para os meus braços.

— Mercedes, você por aqui? — ele diz, olhando rapidamente à minha volta: — Está sozinha?

Não tenho certeza de que ele realmente quis verificar se eu tinha companhia. Talvez esteja imaginando. Tento iniciar um assunto mais produtivo, para escapar às fantasias:

— Vai ver a sessão das cinco?

— Sem dúvida. Grande Alvinho Guimarães, baiano de boa origem.

Heitor sempre ostenta seus conhecimentos enciclopédicos de cinema brasileiro. Ainda mais quando se trata de diretores obscuros e esquecidos. Reconheço minha ignorância humildemente:

— Nunca ouvi falar.

— Seu Alvinho escrevia no jornal de Salvador. Fazia teatro. Foi parceiro de Gil e Bethânia lá no começo.

— Ah. É mesmo. Você é de Salvador.

— O sotaque aparece quando passo Divisa Alegre.

Compramos nossos ingressos, que são quase de graça. Com meu desconto de professora pago apenas dois reais. Para chegarmos à sala no terceiro andar, há escadas ou um elevador lento e estreito.

— Vamos de escada? — pergunto.

— Sem dúvida que não — ele responde.

Esperamos em silêncio. No elevador, além de nós, entram duas senhoras. Elas nos espremem para as laterais, o que dificulta a conversa durante a subida.

— Silvestre não veio?

— Ele não gosta de cinema marginal. É um classicista.

— É elite — brinco, por cima dos cabelos pintados da senhora à minha frente.

— Um conservador.

Heitor oferece um sorriso discreto e me sinto mais tranquila. Diante das portas fechadas da sala, ainda esperamos uns quinze minutos. Encadeio perguntas para dissipar as ideias.

— Como anda o trabalho?

— Daquele jeito.

Heitor é funcionário da Fundação Casa há muitos anos

(desde que se chamava Fundação de Bem-Estar do Menor). Ele contou histórias de arrepiar os cabelos, de antes e depois da reestruturação. Agora ele trabalha na unidade do Araré, onde (segundo ele) a barra é menos pesada.

— Saiu uma matéria sobre a Fundação Casa no jornal. Você viu?

— Dei uma olhada.

Ele não desenvolve e muda de assunto:

— Esses baianos cineastas eram todos de boas famílias — diz. — Gastavam a herança fazendo essa piração. Cinema udigrudi é muito revolucionário na teoria, mas assistir é foda.

As portas se abrem e saem umas pessoas da sessão anterior. Aguardamos o funcionário liberar a entrada. Heitor continua:

— Antes eu achava isso tudo uma merda. Agora dane-se. Se todo ricaço queimasse grana fazendo cinema, já seria uma grande coisa.

Entramos na sala atrás de um branquelo suado, que já vi em outras mostras. O sujeito escolhe a primeira fileira, grudado na tela. Nós escolhemos a quinta, no meio da sala, em teoria a melhor posição para ouvir o som estéreo (embora o filme provavelmente seja mono). Ficamos nós dois, sentados e silenciosos. Logo as luzes se apagam. Na tela aparece a vinheta da sessão, olho rapidamente para Heitor, mas ele está concentrado na tela e não reage ao meu movimento.

Mesmo com o braço da cadeira entre nós, sinto o corpo dele ao meu lado. Seus ombros bem estruturados. O braço coberto por pelos escuros. Cabelo quase raspado, com costeletas. O filme começa com ruídos agudos. Sobre tela preta, um letreiro homenageia os "heróis do cinema independente". Depois aparecem dois homens num tonel metálico, com óculos e capacete de pilotos de guerra, dirigindo um guidão de bicicleta. Sob um som forte de motor de avião. O excesso de ruído me cansa, deixo o quadril escorregar na cadeira. Heitor se curva para a frente, apoiando os braços na fileira adiante. Depois volta a se recostar, cruza as pernas pra um lado, pra outro. Já sentamos juntos no cinema antes. Várias vezes, no Paraíso, Heitor, Silvestre e eu, um ao lado do outro. Três cinéfilos concentrados na arte cinematográfica. Uma mulher e seus dois (potenciais) amantes. Presto novamente atenção ao filme, as cenas vão ficando mais explícitas: em plano aberto, um homem de tanga, outro coberto de lama. Os movimentos coreografados sugerem uma violação sexual, depois canibalismo. Heitor está ao meu lado, muito perto. Corrijo minha posição na cadeira, fico mais rígida e reservada. As cenas de violência primitiva se prolongam, eu me encolho encabulada e um pouco ardente.

Quando o filme acaba, logo ao sair da sala, vejo o céu quase escuro pela janela do saguão. Estou mentalmente cansada por tantos corpos, berros e gemidos. Quero apenas olhar Heitor à luz acesa. Depois dessas cenas, se alguma vez ele considerou ficar comigo, é impossível que não demonstre alguma volúpia no olhar. Só preciso ver os olhos dele. Avançamos pelo saguão, e procuro seu rosto. Heitor rapidamente desvia e dá uma gargalhada:

— Mas que grande merda! — ele diz, rindo com gosto.

Com a mesma naturalidade que teria com amigos do futebol, ele me pergunta:

— E aí, vamos comer alguma coisa? Topas um sushi?

É dia 22 e meu salário praticamente já acabou. Heitor não demonstra o mínimo interesse erótico. Se eu arriscar, provavelmente vou levar um sonoro e redondo não. Engolirei com amargura um sushi que mal posso pagar, à mesa com um homem que fui incapaz de seduzir.

Mas hoje vou até o fim.

Heitor pega uma ruela em direção à Liberdade. Eu o acompanho. Ele conhece bem o caminho. Há policiais de vigia ao lado dos sem-teto que ajeitam seus sacos e cobertores debaixo das marquises. Lojas fechadas, poucos ônibus passando, táxis parados no ponto. Um carro mal estacionado atrapalha nossa passagem, ao cruzar uma avenida. Heitor faz um gesto cavalheiro, indicando que eu passe primeiro. Um hábito de geração, dos homens educados há quatro décadas.

Ele diz:

— Conheço um lugar bom e barato. Você topa?

Eu topo.

Na garagem de um prédio comercial, um cartaz indica a entrada do restaurante. Passamos por uma porta pesada, com grades de ferro em arabesco. Plaquinhas plastificadas, em japonês, sugerem com flechas o caminho escada acima. Subimos dois longos lances e chegamos ao pequeno salão, com madeira engordurada na fachada.

— Só vem aqui quem conhece — Heitor diz.

Sentamos. Me mostro surpresa por ele gostar de comida japonesa.

— Você me acha tosco assim? — pergunta.

— Desculpe o prejulgamento.

— Gosto de uma boa refeição.

— Nisso estamos de acordo — completo.

A garçonete (brasileira) traz toalhas úmidas e quentes para as mãos. Heitor aproveita sua toalha para limpar o rosto. Sei que é errado, mas faço igual.

— Cerveja?

— Mas é claro.

— Que cerveja você tem? — ele pergunta à garçonete.

— Tem Itaipava e Kirin.

Heitor olha pra mim:

— Pode ser Itaipava?

Concordo. Hoje concordarei com tudo. Hoje beberei o que ele quiser. Antes de minha fase econômica, eu pedia cerveja importada em restaurantes japoneses, pra combinar o rótulo com o ambiente. Mas a era das sutilezas acabou.

Bebemos os primeiros goles e comento:

— Nada como cerveja gelada. Até cerveja ruim desce bem quando gelada.

Heitor sorri enigmático:

— Pois é, dona Mercedes... cada um com seu paladar.

Beliscamos o pepino agridoce da tigelinha. Talvez seja miragem, mas ele parece galante, cosmopolita, um pouco menos cínico.

— Então, qual é a sua história? — ele pergunta.
— Minha história de cerveja?
— Sua história completa. Seu mistério de mulher bem-criada.

Por fim o momento que eu esperava. Um assunto pessoal. Nossa chance de falar de intimidades. O coração acelera:

— Você acha que eu fui bem-criada?
— Mas isso é evidente.

Em nossa convivência no boteco, Heitor só soltava indiretas. Estava sempre me observando, como se minha presença ali fosse meio turística: "Você usa os pronomes corretamente" — ele dizia. "Você lava bem as mãos." Se ele soubesse... Mas guardo meus segredos e mantenho a pose:

— Qual o problema de ser bem-criada?
— Não sei. Você me diga. Como acabou perdida por aí?
— Que papo é esse, Heitor? — sorrio sem defesas.
— Sei mais de mulheres do que você imagina. Seu cabelo, suas unhas. Você não gasta pouco pra se cuidar.
— Você quer dizer, como essa moreninha ficou tão burguesa?
— Agora você me pegou.

Quero pegar mesmo:

— Então você entende de mulheres?
— Tenho meu histórico.
— Imagino. Todo fim de semana por aí, pela noite.

Ele fica com seu meio sorriso parado no rosto:

— Saio quando a coleira afrouxa — diz. — Minha companheira tem duas filhas. Elas têm os programas delas. Nem sempre sou convidado.

Durante meses de boteco, falávamos da política mundial, nunca de nossos dramas privados. Quando eu tentava adivinhar sua vida amorosa, imaginava um mulherengo jogando charme para as atendentes de lanchonete. Nunca suspeitei que seu engajamento comunitário tivesse um equivalente matrimonial. Mas ele muda de assunto antes que eu possa perguntar algo mais:

— Você pretende agora sumir da nossa vida? Começou a namorar e vai desaparecer?

— Não estou namorando.

— Por enquanto. Duvido que Noel vá largar o osso.

As respostas ambíguas me deixam estarrecida. Pistas de que eu estava provavelmente certa, rola alguma fantasia em sua mente masculina. Mas a violência contida de suas indiretas é agressão disfarçada de elegância, como a história da raposa e as uvas verdes. Nada mais a entender: ele tem uma companheira. Suas noites no boteco, comigo, eram somente uma distração quando a mulher tinha outro programa. Raíssa tinha razão, ela sempre tem razão. Neste microuniverso, aceitando as circunstâncias, terei no máximo Noel.

— Sei me cuidar — digo. — Sou escolada em namorados e maridos.

— Noel é campeão nessa área. A ex-mulher dele em Marília, por exemplo. É uma encrenca federal.

— Melhor uma encrenca em Marília do que aqui por perto.

Heitor levanta suas sobrancelhas maliciosas:

— Ele vive em Marília.

Minha garganta coça de vontade de perguntar "Como assim?". Mas me contento com um último suspiro porque a conversa já trouxe revelações demais:

— Tinha um filme de zumbis hoje no cinema do Paraíso.

— Gente podre eu dispenso.

A comida chega e jantamos comentando as pesquisas de intenção de votos para as próximas eleições. Heitor observa que será a primeira vez, em vinte anos, que Luiz Inácio não irá concorrer. O tema domina a noite até pedirmos a conta. As palavras "ex-mulher" e "companheira" ressoam na minha cabeça e me estragam o apetite.

21

DOMINGO, 23 DE MAIO

Acordo esmagada pela realidade.

Deitada de barriga pra cima, não tenho energia para levantar. Heitor é um durango, um funcionário público que não tem outras perspectivas. Tanta pose intelectual, tanto orgulho masculino e hipocrisia, apenas para me iludir. Fiquei meses imaginando que viveríamos numa selva sensorial, somente nós e nossos corpos. Se ele percebesse que eu estava disposta a tudo enquanto engolia goles e goles de cerveja barata. Ele poderia ter mostrado alguma generosidade, me poupando do vexame. Ter sido menos atraente e mais honesto com a pobre mulher (eu) que só teve amor por seu corpo viril.

Revoltada, arranco meu pijama. Observo meu umbigo descoberto. Olhando meu corpo ninguém diria que tenho trinta e sete anos. Mas talvez Heitor prefira as mães de família, as MILFs, ou qualquer uma que não seja eu.

Tem alguma coisa errada com meus feromônios. Faz dois anos que estou sozinha, cruzando aqui e ali com uns caras lindos que me escapam pelo furo do bolso. Eu só queria, uma vez na vida, ter na palma da mão um homem estonteante que me derretesse só de olhar. Em vez disso, acabo capturada pelo tipo travesseiro: fofinho e macio.

Vou até a padaria, compro pão fresco. Meu cérebro deve misturar os critérios de atração por homens e por bisnaguinhas.

Tomo café, é quase meio-dia.

Agora é um bom horário para falar com seu Henrique na Bahia. Domingo ele fica na varanda, lê o jornal, faz uma caipirinha e bebe na sombra, juntando energias para preparar o almoço. É ele quem cozinha nos fins de semana.

Pego o telefone às onze e cinquenta e cinco. Espero vários toques. Seu Henrique tem seu ritmo próprio e interesses aéreos: a história da aviação, as obras de engenharia, os comediantes inesquecíveis. Não adianta ter pressa, ele gosta de bons tratos e gentileza:

— Oi, pai. Como andam as coisas, tudo certinho?

Uma pergunta, para seu Henrique, é como a eclusa num rio: abre-se a comporta e a água vai escapando lentamente. Ele conta de sua semana, da ronda pelos amigos no centro, de suas invenções na oficina. Então diz:

— A gente quase marcou de ir pra São Paulo. Vai ter o batizado do filho da sobrinha da Vilma em Taubaté. Você conheceu a sobrinha dela, a Lorene?

— Pode ser que sim. Não lembro.

— É o pessoal de Taubaté. Um povo boa gente. Sempre gostei das festas deles, comida boa. Mas a Vilma tem o médico dela em julho, aí não vale a pena a gente viajar só pro batizado.

— E no seu aniversário, vocês vêm?

— Vamos ver, Dedê. Vamos ver.

— Você faz sessenta e cinco este ano.

— Pois é, vamos ver.

Faz cinco anos que Seu Henrique se mudou para Valença. Ele trabalhou a vida inteira na Telesp e foi demitido logo depois da privatização. Alguns anos sem salário acabaram achatando seu benefício da previdência, quando finalmente conseguiu se aposentar. Ele e a Vilma procuraram cidades baratas para morar, e por motivos insondáveis se instalaram em Valença. Não temos família na Bahia. Mas, como ele diz, "a Bahia não precisa de justificativas".

"Sol quente é outra coisa", é o que costuma defender. Ou então constata, como se fosse uma descoberta científica: "Fruta aqui é muito barato".

Desde o meu divórcio, todo ano vou pra casa deles nas férias. Vilma me empresta o carro e me instalo sozinha na praia. Peço peixe frito na barraquinha do Jânio, derreto de calor, invisto uns trocados no fim da tarde em uma batida de gengibre, ou uma caipirinha de umbu. Pais e mães são temas controversos, mas no que diz respeito ao turismo desta filha sem rumo, seu Henrique só merece gratidão.

Retomo o assunto do aniversário:

— Você quer ajuda pra comprar a passagem, pai? Posso conversar com o Pablo. A gente divide. (Preciso mostrar generosidade, já que dependo de seu aluguel subsidiado.)

— Ah, não, filha. É muito trabalho.

— Faz quanto tempo que você não vê o Túlio?

— Falei com o Pablo esses dias no telefone — faz um de seus silêncios. — Não gosto muito de aniversário.

Sei que é mentira. Ele adora aniversários e aviões.

— O Pablo falou que você tá apertado.

— Isso é coisa do seu irmão.

— Estou procurando mais trabalho, pai. Até o fim do ano consigo melhorar o aluguel.

— Eu sei, Dedê. Quando der, você acerta. Não escuta o Pablo, ele tá cheio de história só porque contei o caso do meu chinelo. Sabe o chinelo que eu gosto? Aquele de couro, de sola macia? Eu consertei um que tá quase novo. Só descolou o bico, não era pra jogar fora. Aí ele vem com essa história de pão-durismo, de economia desnecessária e que é isso.

— Você tá precisando de um chinelo, pai?

— Quando der a gente compra, Dedê. Quando der.

Desligo o telefone arrasada comigo mesma. Uma mulher de meia-idade que explora o próprio pai aposentado. Obriga o velho a usar um chinelo remendado. Em 2008, quando pedi pra morar na quitinete, ele pareceu mesmo inseguro: "Mas não é muito pequeno pra você?". Eu andava tão agitada com o divórcio que interpretei a pergunta literalmente. Respondi: "Vai ser bom reduzir as coisas, simplificar". Ele não contestou. "Claro, Dê, fique o tempo que precisar."

Depois percebi que ele tinha medo que eu morasse sem pagar. Não disse nada, mas vi seu rosto de alívio quando ofereci um valor simbólico. Um alívio conformado: seria um prejuízo, mas não um desfalque completo. Sendo quem era, ele não negaria se eu pedisse pra morar de graça, sofreria calado. Seu Henrique acha deselegante usar a palavra "não". Nunca fala dos seus problemas de dinheiro. Na visão dele, um pai não deve incomodar os filhos com suas preocupações.

Dona Maria Ivete sempre se queixou: "Seu pai não teve ambição. Ele poderia deixar muito mais pra vocês". No mundo dela não há descanso: "Sentado ninguém vai pra frente", "Nada neste mundo cai do céu". Na adolescência, nos momentos de raiva, eu planejava. Um dia ficaria sentada e imóvel por todo tempo que fosse necessário até as coisas caírem do céu. Mostraria que ela estava errada. Mas ela estava certa, eu sabia. Os genes de seu Henrique me deixaram um aviso: o fracasso sempre ronda e ninguém é pego de surpresa se esperar o pior.

22

SEGUNDA-FEIRA, 24 DE MAIO

Acordo com o despertador às sete da manhã. Está tudo errado, tudo. Tiro o moletom, calço minha sapatilha e vou deprimida até o mercadinho. Volto com margarina e flocão de milho decidida a me entupir de farinha.

Pego a tigela no armário. Eu poderia ter demonstrado mais entusiasmo pelo projeto *Cotia e Pantera*. Animais e natureza são o lado bom do planeta. Roberta acha que Tito Duarte é genial, e sem dúvida ela está certa, Tito é talentoso, honesto, afetivo. Abro o pacote de flocão de milho. A Samba paga pouco mas sempre pagou em dia. É uma empresa como as outras, do que se pode reclamar?

Mentalmente exausta às oito e quinze da manhã, despejo o flocão na tigela, misturo a água aos poucos com a mão. Sensação primitiva, massa amarela e pastosa. Tenho vontade de entrar na tigela e me afundar naquilo tudo.

Eu não deveria ter sido tão antipática na entrevista. A roteirista Bianca Yasmin parecia interessada nos meus trabalhos, no fundo a tratei mal por causa do nome ridículo (mas, também, de onde ela tirou esse nome?). Só perguntei sobre dinheiro e direitos, ninguém vai contratar alguém que só pensa no próprio bolso. Nesse mundo a gente precisa agradecer as oportunidades como se o pagamento fosse secundário. Ajeito a massa na cuscuzeira gourmet de aço inox que trouxe do meu antigo apartamento com Ricardo. Minha mãe sempre usou a mesma cuscuzeira velha de alumínio. O fogareiro elétrico demora para esquentar. Fico olhando a cuscuzeira gourmet. Ela não combina com minha microcozinha atual. Esse fogareiro barato sobre a pia. Na minha idade, sem um apartamento decente, sem um fogão completo.

Talvez ainda dê tempo de melhorar minha situação na Samba. A entrevista foi sexta-feira, só passou um dia útil. Ainda posso demonstrar algum brilho criativo. Enquanto o cuscuz descansa, ligo o computador e tento alinhavar um e-mail. Quero parecer natural, dar um alô carinhoso motivada pela simpatia. Escrevo no bloco de notas para revisar bem o texto antes de enviar: "Oi, Marina. Hoje acordei pensando na série *Cotia e Pantera*. Como é legal o projeto! O Tito é incrível. Estou torcendo muito!" Escolher as palavras é desafio, evoco meus talentos literários, o tom certo é essencial. Casual, livre, aquele ar de "olha só". Todos se encantam por lembranças passageiras. Poderia arriscar "espero trabalhar com vocês!", com exclamação, ou "gostaria muito de estar na equipe", mais corporativo. Ou lançar um futuro do indicativo: "será ótimo colaborar". Preciso decidir ou o cuscuz vai esfriar.

Fico com a opção sutil. "Estou torcendo." Marina vai detectar rapidamente o subtexto, provavelmente recebe dezenas de e-mails assim.

Envio o e-mail.

Fecho os olhos e repito em silêncio a oração preferida de minha mãe: "Ó místico rosário, expulsai pela fé as trevas do erro. Com o celeste perfume da esperança, com as ondas da divina caridade, reanimai os corações desesperados".

Decido arrumar a casa. Escovo os dentes, tiro o pó, limpo os vidros. Cansada, levemente suada, aproveito o corpo quente e pego a pinça e uma tesourinha. Tiro o moletom, a calcinha, me sento no vaso sanitário para aparar meus pelos pubianos. Não posso parar. Preciso me ajeitar. Natural, limpa, arejada. É meu corpo, só isso importa.

Nisso meu celular toca. Está no chão, sobre o tapetinho do banheiro. Atendo meio desajeitada, com umas frações de pentelhos grudadas nos dedos:

— Mercedes? — a voz masculina me parece familiar, mas não consigo lembrar de quem. — Aqui é o Tito. Tito Duarte. Como você está?

Meus batimentos aceleram. Faz anos que não falo pessoalmente com Tito.

— Tito. Quanto tempo! — (estou elegantíssima para uma conversa coloquial) — Tudo bem com você, querido?

— De cabeça pra baixo. Bebê pequeno em casa. Muita loucura.

— Imagino. Que coisa boa, um bebezinho.

Para ele telefonar agora, o assunto só pode ser trabalho. O e-mail que enviei a Marina. Como são rápidos! A oração de minha mãe é infalível. Esperançosa, mostro minha simpatia com as próximas gerações:

— Vi suas fotos no Facebook. É uma fofura seu filhote. Como é o nome mesmo?

— Tom.

— Só assim, Tom? Que lindo.

— É sim. Estou completamente apaixonado.

Esse é o estilo de Tito. Tom, apenas Tom, uma completa paixão.

— Tenho uma viagem agora e dá um aperto no coração ficar longe — ele continua.

— Pra onde você vai?

— Vou ser jurado no festival de Annecy. Estou a caminho do aeroporto agora.

Meu amigo, que orgulho, frequenta festivais internacionais de cinema.

— Eu queria te ligar faz alguns dias — ele diz. — Só agora no táxi consegui um minutinho livre.

— Correria.

— Você foi na Samba, né? A Marina comentou comigo. É uma força a Marina, muito séria.

— Sim, sim. Superarticulada.

— Foi super legal você ter ido lá. A Marina gostou muito de você. Eu admiro muito o teu trabalho, você sabe disso. Quis te ligar pessoalmente porque no final, entre tantas coisas, ela acabou fechando com outra pessoa. Questão de equipe, você sabe. A Bianca é muito talentosa, e ela tem o jeito dela de trabalhar. É uma pena que não deu certo dessa vez. Mas com certeza vamos trabalhar juntos ainda. A gente tem a nossa história…

batalhando faz tempo, né?

Não presto muita atenção no resto.

Tento preservar meu amor-próprio até a conversa acabar.

Nos despedimos com elogios e declarações recíprocas de amizade.

Onze e meia da manhã, segunda-feira, minha vida acabou.

Termino a depilação. Passo um papel higiênico na tampa do vaso para limpar os fiapos e dou descarga. Metade dos pelos não escoa. Ficam boiando na água parada do vaso.

23

TERÇA-FEIRA, 25 DE MAIO

Faz três dias que não abro o Facebook. Sem outra esperança para o momento, ligo o computador.

Noel enviou uma mensagem: uma tirinha do personagem Garfield e sua namorada Arlene. No primeiro quadro, o gato usa um bigode postiço. No segundo, beija a gatinha. No terceiro, percebe que o bigode grudou nela. Ele se pergunta: "Como dizer a uma dama que ela precisa aparar o bigode?". Que piada estranha. Se eu tivesse visto os recados ontem, depois de falar com o Tito, teria me feito bem.

Saio para o caixa eletrônico na Rui Barbosa. Não tenho ilusões nem perspectivas, preciso lidar com o pouco que me resta. Vi meu saldo na sexta passada. Modesto, mas sob controle. O restaurante japonês foi uma insanidade e dimensionar o desastre evitará o pior. Coloco meu cartão na máquina, vejo o sinal negativo. Mentalmente faço as contas dos dias que faltam para o fim do mês. Maio tem trinta e um dias, vai cair numa segunda-feira, a pior configuração possível. Mais uma semana inteira segurando o fôlego.

Volto pra casa me planejando. Jurei por todos os santos que não desperdiçaria mais o dinheiro que me coube na divisão de bens no divórcio. Minha magra reserva, que deixei parada no banco dois anos atrás, porque necessitava desesperadamente me libertar da microeconomia, da macroeconomia, dos investimentos, das taxas de juros e da especulação imobiliária. Dois anos atrás seria suficiente para comprar um apartamento digno. Agora, duas dezenas de meses depois, depois do trágico ano de 2009 em que os preços dispararam e o valor do metro quadrado duplicou, essa magra reserva mal compra uma quitinete velha.

Abro a torneira da cozinha. Mergulho a cabeça embaixo da água. Pego uns cubos de gelo no congelador, esfrego sobre as pálpebras, os olhos fechados. Dez e meia da manhã.

O interfone toca e a porteira me avisa que chegou uma entrega. Tiro o excesso de água do cabelo, troco de chinelo e desço para ver o que é.

No térreo, sobre o balcão, vejo um buquê de rosas vermelhas.

— Tem um cartão — a porteira diz sorrindo.

Pego as rosas rapidamente e volto para o elevador. Essa porteira me incomoda. Tem minha idade e está sempre puxando assunto sobre cabelos, hidratantes, alisamento, luzes. Se ficar amiga dela, estarei presa para sempre no vácuo espaço-temporal desse prédio de quitinetes. No elevador não abro o cartão encaixado no buquê porque ela poderia me ver pelo monitor de segurança. Não quero que testemunhe a minha vida.

Coloco as flores sobre a pia da cozinha. Abro o pequeno envelope branco e leio: "Do seu Noel, com Rosas". Logo o telefone toca:

— Bom dia! Um motoboy passou por aí?

É Noel. Claro.

— Passou e trouxe o poeta da vila — respondo.

Ele ri.

— Vamos almoçar? Negociei aqui um intervalo de duas horas. Que tal aquele restaurante francês que você gosta?

Não gosto muito de falar ao telefone, mas essa é uma conversa que preciso ter.

— Encontrei Heitor no sábado — digo. — Ele me falou de sua ex-mulher em Marília.

— E daí?

— Não sei, você me diga: e daí?

— Ele tá puxando meu tapete?

— Ele comentou. Não sei por quê e não quis perguntar. Não estou numa fase da minha vida pra aguentar rolo. Não precisa fazer charme comigo. Eu só quero a real. Sem história, sem gracinha. Só água limpa, por favor.

— Você não quer mesmo almoçar? É meu convite. De coração.

— Não estou com nenhuma fome hoje.

Desligo o telefone com dor de cabeça. Respiro fundo e fecho os olhos. Um cachorro late a distância. Uma sirene. Ônibus, passarinhos, um caminhão com caçamba balançando. De olhos fechados, os sons da cidade parecem ondas. Pra lá e pra cá, como em Valença, na Bahia, como na praia. Em qualquer lugar, as ondas vêm e vão. Se eu ficar quieta, tudo passa.

À tarde vou para a escola de teatro. Na sala dos professores, leio os trabalhos dos alunos. Não posso perder esse emprego.

24

QUINTA-FEIRA, 27 DE MAIO

Semana passada, quando conversamos na lanchonete da escola, o fã do Spielberg me recomendou um filme nacional, *Amor perseguido*. Na hora anotei, depois esqueci da sugestão. Hoje, organizando os papéis, vejo a nota e fico curiosa. Ligo o computador e entro num fórum sobre cinema brasileiro, onde fãs compartilham links para filmes raros. O tópico sobre pornochanchadas tem muitos comentários, é um gênero com fãs passionais. "O verdadeiro cinema paulista, se existiu, nasceu da Boca do Lixo", "Personagens perdidas no mundo, em estado de perplexidade", "A autocrítica em relação a um ideal revolucionário construído à deriva". Muitos elogios à sensualidade existencialista da atriz Brigite Leblanc. Para além das cenas de nudez e sexo, alguns cinéfilos destacam a denúncia social da homofobia. Defendem a diretora do filme, que nasceu na Bahia, chegou sozinha em São Paulo, foi telefonista numa produtora na rua do Triunfo e se apaixonou por cinema.

Eu deveria ter escutado meu aluno. No sábado, se eu soubesse desse filme, teria impressionado Heitor com meus conhecimentos.

Por outro lado, não há pressa.

Baixo o filme enquanto arrumo a cama e lavo a louça que estava acumulada desde ontem. Com a casa em ordem, levo o computador para a cama, ajeito as almofadas e começo a assistir.

Fico emocionada com filmes brasileiros dos anos 80, mesmo os ruins. Os penteados pigmaleão, a maquiagem exagerada. A trucagem ótica dos créditos, o colorido meio apagado das imagens malconservadas e mal digitalizadas. O mundo menos cenografado das minhas primeiras memórias, quando ainda se usavam sacos de papel nos supermercados.

Os créditos iniciais surgem sobre um programa de auditório. As jovens na plateia gritam alto, chacoalham pompons coloridos. No palco, um cantor de cabelos longos e repicados canta uma canção romântica. A câmera se aproxima do cenário colorido ao fundo e destaca uma dançarina que se movimenta lentamente, quase hipnotizada, no ritmo da música.

Eu poderia mostrar esse filme na aula hoje. O fã do Spielberg ficará satisfeito. É um bom garoto, inteligente, apaixonado por cinema. Pego uns livros na estante e começo a ler sobre a produção paulista nos anos 50, os cineclubes, a cinemateca, o sonho de um cinema industrial e seu fracasso. Vou lembrando o que aprendi na faculdade quinze anos atrás. Anoto algumas ideias, frases que ouvi dos professores. Quem pode contar aos alunos o que aconteceu nas décadas recentes? Meus professores estão velhos, a maioria dos alunos nem sequer ouviu falar deles. É tão próximo e tão antigo. Procuro um fio que torne essa história interessante para a turma, esses jovens que já nasceram no mundo da internet.

Às três da tarde saio de casa, caminho até a rua Rui Barbosa e espero o 967A-10 - Imirim. O ônibus passa menos cheio que a média, consigo um lugar sentada ao fundo, na última fileira, em cima do motor. Desço na rua Duque de Caxias e caminho até a avenida São João. Espero um instante no ponto e logo passa o 8000-10 - Terminal Lapa. Começo a aula sobre *Amor perseguido*. Elogio o fã de Spielberg pela sugestão, ele fica contente e até um pouco tímido. Às dez e meia da noite, termino a aula.

25

SEXTA-FEIRA, 28 DE MAIO

Escrevo para Roberta: "Rozinha, saudades! Tem um tempinho livre pra almoçar?". Roberta adora quando almoçamos juntas no meio da semana. Quando eu trabalhava na Samba, perto do escritório dela, frequentemente almoçávamos juntas. "Parece que estamos na faculdade de novo", ela dizia. Na faculdade comíamos arroz e feijão na bandeja de aço inox do refeitório. Perto da Samba, na região da Vila Olímpia, gostávamos de um restaurante espanhol, muitas vezes bebemos uma garrafa inteira de vinho às sextas-feiras. Era como a faculdade, com comida melhor e mais cara.

Roberta responde feliz à minha mensagem. Marcamos num pequeno bistrô de "culinária brasileira contemporânea" no (inevitável) Itaim Bibi. "Ontem sonhei com o miniacarajé deles", ela justifica. Pedimos o aperitivo logo que chegamos, um miniacarajé do tamanho de um brigadeiro.

— Aaaah — ela exclama, na primeira mordida.

Não é tão cedo, mas o restaurante ainda está cheio. À minha volta, homens de meia-idade com blazers caros, nem todos bem combinados com as camisas, e mulheres muito magras e discretamente elegantes em seus tecidos naturais e joias de design abstrato. Não são funcionários de escritório. São os advogados donos dos escritórios, ou psicanalistas, artistas plásticos, donas de pequenos e sofisticados ateliês de design. Falei à Roberta que o lugar era caro pra mim, mas ela se ofereceu para pagar. É curioso que ela goste desse ambiente afetado, em busca de um sabor antigo e familiar. Sua mãe fazia um acarajé excelente — em baciadas, aos domingos, quando convidava os parentes para algum aniversário. Desde que nos conhecemos, participei de algumas dessas festas: paneladas de moqueca, pirão, vatapá. Tudo abundante, temperado, gorduroso. Roberta nessa época era magrinha e quase não comia. Agora ela tem dinheiro e vem para o Itaim matar as saudades, porque sua mãe cansou de cozinhar.

A porção tem seis miniacarajés. Pego só um, Roberta pega dois, depois um terceiro e finalmente o quarto bolinho. Vejo que ela tenta se segurar. Antes de pegar o último, faz uma pausa, olha duas vezes para o petisco que continua ali. Finalmente não resiste e pega. Ela era tão confiante tempos atrás. Agora parece uma dependente em drama com seu vício, é meio triste ver tanto conflito diante de um miniacarajé.

— Me conta, Dedê. Como foi a entrevista na Samba?

— Na verdade... não muito bem. Tito me ligou. A roteirista chefe é uma moça, ela tem a equipe dela.

— Ah, não acredito! — Roberta se espanta, honestamente magoada. — Você é perfeita para o projeto! Você falou do *Centaurus*? Você e o Tito começaram juntos!

— Tudo bem, Rô. Não é muita grana.
— Quanto eles estão pagando?
— Sete e quinhentos por mês. Contrato de cinco meses.
— É a média hoje.
— É pouco. São quarenta e dois roteiros de onze minutos. E todas as revisões até o canal aprovar. Se eu conseguir mais aulas, consigo ganhar isso com menos trabalho.
— Mas é tão legal. Você conhece o Tito.
— Mesmo assim.

O bistrô é eficiente e os pratos chegam rápido. Roberta pega um pedaço de camarão:

— E como estão as aulas?

Corto com o garfo um pedacinho da minha costela de porco com calda de ameixas e damasco:

— Vai indo bem. Gosto de dar aulas. Estou pensando numas ideias, acho que vou propor umas oficinas lá na escola de teatro.
— Legal.
— Tipo "O erotismo no cinema brasileiro", "O negro no teatro e no cinema", "Mulheres cineastas", uns temas assim.
— Maravilhoso.
— Os alunos de teatro gostam de cinema.
— Imagino.

Depois não falamos mais da minha carreira. Comemos nossos pratos. Um bolero antigo começa a tocar ao fundo. É "*No me platiques más*", cantada por uma voz que não reconheço. Roberta coloca a mão sobre o peito, emocionada, e canta uns versos, fazendo cena. A música latina arrasou nossa elegância nos anos 90. Ouvíamos essa canção cafoníssima almoçando x-burguer do McDonald's, entre as aulas da manhã e da tarde no cursinho, dividindo o fone de ouvido no discman que eu tinha ganhado do meu pai. "*Te quiero tanto que me encelo/ hasta de lo que pudo ser*". Nessa idade tudo o que queríamos era um amor mais forte que a vida... Te adoro tanto que tenho ciúme do que pode ter acontecido. "*Que no existe el pasado/ y que nacimos en el mismo instante/ en que nos conocimos*". Imaginávamos o homem que um dia nos amaria a ponto de perdermos o fôlego.

Não foi exatamente o que aconteceu. Não comigo e meu ex-marido Ricardo. Nem com Roberta e João Vitor, apesar da sintonia criativa entre eles. Nosso amor ardente e imaginário ficou restrito ao velho CD de Luis Miguel.

— E como andam as paixões? — Roberta me pergunta.

— Meio nem lá nem cá.

— Conta, mulher.

— Não tem muito o que contar. Tem um cara aí... não sei ainda.

— Garotão?

— Não, mais velho que eu.

O garçom leva nossos pratos assim que terminamos de comer. É um jovem bonito, talvez um ator em início de carreira. Me incomoda a contradição entre a decoração, discretamente tropical e receptiva, e o serviço ágil para otimizar o rendimento da mesa. O jovem traz o menu de sobremesas, cada uma assustadoramente cara. Nem penso em pedir.

Primeiro, para não abusar da generosidade de Roberta. E também para não estimulá-la a comer mais. Ela olha o cardápio, insegura:

— Pede um doce — ela diz. — Você pode.

— É muito, não precisa.

— Eu dou uma garfadinha no seu.

— É muito caro, Roberta. Aliás, deve ser minúsculo.

— Mas esse doce gelado de coco é delicioso. Você vai ver. Pede — ela quase suplica.

Eu concordo. Depois de um silêncio, Roberta suspira:

— Às vezes tenho vontade de largar tudo e passar um ano num spa. Não sei como João ainda transa comigo, gorda desse jeito.

— Vocês transam? — brinco. — Casamento com sexo é uma lenda urbana.

— Ele não me dá uma folga — ela sorri. Mas não parece orgulhosa. Talvez cansada. Um pouco preocupada também. O casamento deles é uma teia complicada de filha, pai doente, sogra dependente, empresa, imóveis, clientes, financiamento público, projetos para a próxima década inteira. Eu não teria condições de dar nenhum conselho razoável. Digo:

— *No creo en brujas, pero que las hay, las hay*.

Saímos do restaurante, Roberta entrega o papelzinho e o manobrista vai buscar o carro. Esperamos na calçada, debaixo do toldo de palha trançada. A rua é estreita e está cheia de SUVs, alguns tentando estacionar, outros saindo de suas vagas; o trânsito segue devagar e bagunçado. Estou com uma das melhores roupas que tenho. Uma blusa que comprei quando ainda estava casada. Já usei algumas vezes, mas o tecido é bom, parece nova.

Ao nosso lado, também esperando o carro, um grupo de jovens mulheres em roupas formais discute algum assunto de trabalho: falam em "ativos", "inscrição equivocada de tributo", "autoridade fazendária". Fico aliviada porque nem imagino do que estão falando. Chega o carro de Roberta. Sento no banco do passageiro, prendo o cinto de segurança. O manobrista fecha a porta para mim. Sinto o cheiro de aromatizador de ambientes.

Seguimos bem alimentadas e bem acomodadas pela avenida São Gabriel. O dia está bonito e fresco. É difícil evitar a lembrança de como isso tudo era familiar para mim. Restaurantes, carros, banco do passageiro. Os prazeres que eu tinha antes de optar por uma vida de ônibus.

— Te deixo em casa? — Roberta pergunta.

— Sim.

— Você tem aula hoje à noite?

— Não.

Fico melancólica conforme entramos na Nove de Julho. Roberta é sempre honesta e carinhosa comigo. Apesar de termos a mesma idade, ela começou a trabalhar antes de mim, era mais pragmática. Também nos aproximava, no ambiente do cinema, as origens familiares menos nobres. Ela me dava conselhos e acalmava minhas angústias quando eu não sabia lidar com chefes invasivos e grosseiros. Dava parâmetros sobre quanto pedir de pagamento. Nessa época era sempre eu quem ligava, para desabafar e desestressar.

    Ela nunca deu motivo para eu me afastar. Provavelmente nem sabe por que fiquei mais distante e nossa amizade esfriou. Durante um tempo perguntava por que eu estava sumida, e eu respondia (medianamente honesta) que andava quieta, pensando na vida, sem muita vontade de sair. Roberta estava ligada demais à minha vida antiga para que eu mantivesse a convivência sem me machucar. Não foi fácil abrir mão de uma vida confortável de que no fundo eu gostava. A sensação de perda me rondava e a única solução foi me distanciar. Não ver era um jeito de não lembrar.

    Cruzamos o posto de gasolina na esquina da rua José Maria Lisboa, e subitamente mudo de ideia. Peço que Roberta me deixe na avenida Paulista. Nos despedimos com beijinhos na esquina do parque Trianon. Ela segue para fazer o retorno e voltar para a Vila Olímpia. Fico um instante parada no meio da calçada, olhando o Museu de Arte do outro lado da avenida.

    Os velhos trilhos não levam a nada. Um mês atrás eu estava bem, com minhas tardes vazias, jogando no computador e assistindo a filmes. Fazendo o que era certo: vivendo em calma, com pouco, sem explorar ninguém. Não sei por que maio correu tão angustiado. Talvez eu tenha absorvido a angústia dos professores em fim de semestre. "Acaba o ano, mas maio não acaba", eles dizem. Talvez, então, eu já seja realmente professora.

Por uns minutos, imóvel, penso no meu pai. Ele merece aproveitar sua aposentadoria, o apartamento é dele, não meu. Faça o que fizer, preciso ser justa com ele.

Na calçada, as pessoas passam. Algumas me olham. Uma jovem me vê parada daquele jeito esquisito e pergunta se preciso de ajuda. Agradeço e recuso, depois me forço a caminhar. Também preciso ligar para minha mãe. Pedir uma bananada da serra, quando ela vier no domingo.

A agência da Caixa Econômica fica no térreo de um grande prédio de escritórios, num quarteirão em que as calçadas se ampliam. Toda a frente é de vidro. Vejo meu reflexo num tom esverdeado, estou vestindo minha melhor blusa, minha melhor sapatilha. Passam duas mulheres loiras atrás de mim, muito brancas, num estilo safári meio hippie. Altas, provavelmente estrangeiras. Em frente à agência há um canteiro com palmeiras. Uns jovens com mochilas cheias fumam, o orgulho dos jovens ao fumar. Sento na beira do canteiro. Passa um homem de calças azuis apertadas demais na virilha, comendo sundae num copinho plástico. A distância não identifico se é do McDonald's ou do Bob's.

São quatro e meia da tarde. O trânsito ainda não está muito ruim. Os carros passam em velocidade mediana. Não sei se bancários têm um "horário de saída", se saem todos ao mesmo tempo, como numa fábrica. Nunca tive um amigo bancário. Na adolescência, era o pior emprego que eu poderia imaginar. Eu me considerava acima do mundo medíocre, meu pai era engenheiro, minha mãe "empresária". A vida dá voltas.

Não estou esperando. Nem olho a agência. Estou de costas para o prédio, de frente para a avenida, olho a paisagem. Na avenida passa um raro 875A - Perdizes via Aratãs, o único ônibus azul-celeste que faz essa rota. Ele se aproxima, o painel em letras laranjas, depois de muitas voltas chegará ao ponto final na esquina da rua Cayowaá — no quarteirão do meu antigo apartamento, onde vivi com Ricardo. Também passa o 875H - Terminal Lapa, que irá até a escola de teatro. Está cheio. Uma dezena de pessoas no ponto se amontoam para entrar. Mãos macias cobrem meus olhos e levo um susto. Ouço a voz macia de Noel.

— Mãos ao alto — ele diz.

Eu me levanto e ele pergunta galante:

— Sentiu minha falta?

— Foi difícil sobreviver — respondo.

Na calçada cheia, uma mistura de gente saindo do trabalho e jovens indo para a faculdade. Muitas mulheres com cabelos alisados e roupinhas de escritório. Há anos não aliso os cabelos.

Noel e eu andamos devagar. Pessoas passam rápido, ultrapassando outras que vagueiam. Noel levanta a mão, parece que vai me abraçar, mas hesita e só dá uns tapinhas suaves, como se fosse meu tio.

— O que você fez de bom nesses dias?

— Vi um filme da Boca que eu não conhecia. *Amor perseguido*. Muito interessante.

— Não conheço.

— Uma diretora baiana. Que começou como telefonista.

Andamos dois quarteirões sem decidir aonde ir.

— Tá com fome? — Noel pergunta.

— Nadinha. Almocei tarde.

— Eu estava. Mas com você esqueci.

Seguimos em direção ao Paraíso, pelo mesmo caminho que fiz há algum tempo. Passamos em frente ao Museu de Arte. O vale da Nove de Julho, ao fundo, está escurecendo. Há um holofote no centro da área aberta, e umas cinquenta pessoas sentadas em esteiras meditam em posição de lótus. Uma faixa diz: "Solidariedade ao Tibete". É verdade, houve um terremoto no Tibete.

Noel sugere ver a paisagem. Nos aproximamos da mureta, onde um trio de surdos conversa animadamente por sinais. Ao lado, dois jovens com baseados olham os meditadores. Noel diz que gostou de me encontrar em frente à Caixa Econômica.

— É bom te ver — ele diz. — A vida fica melhor.

— Não sei por que vim.

— Qualquer motivo tá valendo. É uma coisa boa.

Penso em dizer algo carinhoso, mas não tenho certeza se ele merece. Por uma sintonia telepática, ou mera coincidência, ele diz:

— Fiquei pensando no que você disse no telefone... Eu sou um cara sério. Você pode confiar em mim — ele respira. — Tenho uns rolos pra resolver, mas nada com que você precise se preocupar.

— Envolve alguma DST?

Ele ri:

— Isso com certeza não. É mais pra área do SPC.

A meditação acaba e o grupo começa a levantar. O céu já está escuro. Um vento mais forte de maconha vem de algum lugar perto dali. Estamos sentados no banco de concreto rente à mureta. À nossa frente vejo os meditadores enrolando suas esteiras. Três deles se organizam para enrolar a faixa de solidariedade ao Tibete. No fundo da paisagem, há luzes nos postes, nos prédios, nos faróis dos carros.

Depois de Ricardo, pensei que pudesse embarcar num outro trem, para um lugar desconhecido. Mas sentada no escuro com Noel, na mureta do Museu de Arte, me ocorre que minha ambição é mais simples do que eu imaginava. Um cara gordo e meio careca, com quatro divórcios no currículo. Um cara que curte *Nos tempos da brilhantina*. Um cara amoroso.

— Quem sabe um dia você me conta — digo. — Mas se for assunto de burocracia, não precisa ter pressa.

— Agora me deu vontade de falar, então.

Nós rimos. Noel pergunta se quero ir para algum lugar. Sinto vontade de muitas coisas, entre elas, fazer xixi. Nos beijamos por um tempo, entre os jovens maconheiros. Depois caminhamos até a estação do metrô.

No apartamento dele, logo que entramos, encostados à parede, ele se curva pra me beijar. Fica perdido com as mãos, indeciso entre minha bunda e meus peitos. Acaricio por baixo de sua camisa. Sinto seus peitinhos, ele se envergonha:

— Tô meio caído.

Logo ele está entre minhas pernas, chupando minha coxa. Chupa com vontade, quase mordendo, como se fosse uma manga madura descascada. Sua exploração vai além do objetivo pragmático de me agradar. Parece mergulhado numa viagem própria e carnal.

***

Não lembro como começa. Quando percebo estou numa casa, entre alguns amigos que me esperam. Arrumo umas coisas, uma pasta de escritório com papéis e documentos, preciso sair para resolver algo da escola. De repente chega um pacote pelo correio. É um presente do meu ex-marido, uma passagem de avião, ele está me convidando para viajar.

Meus colegas da escola de teatro me ajudam a arrumar as coisas que preciso levar. Parecem mais jovens, como se ainda fossem estudantes. Então chega outro pacote. Fico constrangida quando vejo o remetente. É de João Pedro, meu primeiro namorado no ginásio, quando eu tinha treze anos. Ele me manda uma pulseirinha de plástico colorida, dizendo que quer me ver. Isso me confunde, porque aceitei o outro convite pra viajar, estou com a passagem para a Europa na mala, preciso sair para o aeroporto.

Enquanto me angustio, sem saber o que fazer, chega outro pacote. É mais um presente. Minha colega traz várias caixas que estão chegando, cada uma com um presentinho: um anel de brinquedo, um brinco hippie de penas de pássaro. São coisas baratas, vagabundas, mas me comovem. Abro as caixas com estilete. Além dos presentes há bilhetes, recados de João Pedro: ele gosta de mim, quer me ver de novo.

    Por algum motivo, faz tempo que não venho nesta casa. Por isso são tantos pacotes: os moradores antigos tentaram encaminhar para meu novo endereço, mas o correio devolvia. Examino os pacotes pela ordem que chegam. Fico surpresa e comovida: "Nossa, como ele gosta de mim!". Ao mesmo tempo, nervosa, tenho um horário para ir ao aeroporto e são muitas caixas.

    Finalmente consigo abrir todos os pacotes e ler todas as cartas. Uma delas está bem fechada, uma caixa dentro da caixa dentro da caixa. Na última carta, João Pedro diz que está vindo me encontrar. Percebo um carimbo de devolução, comprovando que tentei devolver os presentes pra ele. Não quero enganá-lo, escrevi claramente: "Muito obrigada, mas tenho outra vida agora." Fui honesta. Foi ele quem mandou tudo de volta. Mesmo recebendo meu recado, ele insiste que gosta de mim e quer me ver.

    No envelope tem a data em que ele vai chegar. De repente as pessoas levantam, olham surpresas. Ele está chegando pelo portão. Minhas amigas, em volta, o avistam antes de mim.

    Vou até a porta e vejo alguém se aproximando. É um homem de jaqueta de couro, a pele bronzeada. É João Pedro. Ele está forte, corpulento, mas não tem barriga. Um pouco careca no topo da cabeça — é o que vejo de longe. Tem ainda o rosto juvenil, o sorriso amoroso de que me lembro. Ele se aproxima por trás de umas pessoas e consigo vê-lo indiretamente, sem que ele me perceba.

Penso: "Vendo aos poucos, a emoção não é tão grande". Então ele finalmente me nota. Sorri contente e vem me abraçar. O rosto dele chega bem perto, nesse momento ele não está mais careca, tem um cabelo grosso, dividido ao meio, parece um galã latino dos anos 80. Encosta o rosto no meu, diz no meu ouvido "Querida, que bom te ver". Nos abraçamos e eu acordo num susto.

***

O despertador de Noel toca às sete horas. Ele se enrola, com sono:

— Sábado. Droga, esqueci de desligar.

Fico na cama observando enquanto ele ainda dorme. Percebo seu rosto mais magro, bonito, meio infantil. Ainda sonolento, ele vê que estou acordada e beija meus dedos. Volta a dormir e eu fico ali, impactada com o sonho. Estranho lembrar de João Pedro depois de tanto tempo. João Pedro, meu primeiro amor. Muitas vezes, mais velha, pensei nesse namoro como um mistério. Como me fez falta ser amada assim: fortemente, profundamente, intensamente, como uma canção romântica latina.

Sinto fome e então me levanto. Encontro o que preciso na cozinha, tudo está nos lugares previsíveis. Enquanto espero a água ferver para o café, belisco uma bolacha de um pacote já começado, que estava fechado por um pregador de roupa.

FONTES
Fakt e Heldane Text

PAPEL
Pólen Bold

IMPRESSÃO
Lis Gráfica